雅舍逸趣

梁实秋——著

群言出版社
QUNYAN PRESS
·北京·

图书在版编目（CIP）数据

雅舍逸趣 / 梁实秋著 . -- 北京：群言出版社，2019.7

ISBN 978-7-5193-0384-6

Ⅰ. ①雅… Ⅱ. ①梁… Ⅲ. ①散文集—中国—现代 Ⅳ. ①I266

中国版本图书馆 CIP 数据核字（2018）第 138310 号

责任编辑：朱前前
封面设计：仙境

出版发行：群言出版社
地　　址：北京市东城区东厂胡同北巷 1 号（100006）
网　　址：www.qypublish.com（官网书城）
电子信箱：qunyancbs@126.com
联系电话：010-65267783　65263836
经　　销：全国新华书店

印　　刷：北京柏力行彩印有限公司
版　　次：2019 年 7 月第 1 版　2019 年 7 月第 1 次印刷
开　　本：880mm × 1230mm　1/32
印　　张：7.75　插页 16
字　　数：148 千字
书　　号：ISBN 978-7-5193-0384-6
定　　价：38.00 元

出版说明

为了保持梁实秋著作的原貌，也为了方便现代读者阅读，编者参考了多个版本，对照原文，重新做了校订，主要编校原则如下：

一、对外国的一些人名、地名，如鲁滨孙、落基山脉等予以保留，不做改动。

二、对民国时期的一些用语、地名，如“愈来愈”“姊妹”“海甸”等，予以保持原貌。

三、旧时的习惯用法，如“地”“得”之作“的”，“工夫”之作“功夫”等，予以保持原貌。

四、编者根据图书主题，结合多个版本，对所选篇目进行最大限度的还原，并添加了编者注。

目录

赏花

观景

宠　物

谈　诗

赏花

群芳小记

“老子爱花成癖”，这话我不敢说。爱花则有之，成癖则谈何容易。需要有一块良好的场地，有一间宽敞的温室，有各种应用的器材。更重要的是有健壮的体格和充分的闲暇。我何足以语此？好不容易我有了余力，有了闲暇，但是曾几何时，人垂垂老矣！两臂乏力，腰不能弯，腿不能蹲。如何能够剪草、搬盆、施肥、换土？请一位园丁，几天来一次，只能帮做一点粗重的活。而且花是要自己亲手培养，看着它抽芽放蕊，才有趣味。像鲁迅所描写的“吐两口血，扶着丫鬟，到阶前看秋海棠”，那能算是享受吗？

迁台以来，几度播迁，看到了不少可爱的花。但是我经过多少次的移徙后，“乔迁”上了高楼，竟没有立锥之地可资利用，种树莳花之事乃成为不可能。不得已，只好寄情于盆栽。幸而菁清爱花有甚于我者，她拓展阳台安设铁架，常不惜长途奔走载运花盆、肥土，戴上手套做园艺至于忘寝废食。如今天晴日丽，我们的窗前绿意盎然。尤其是她培植的“君子兰”由一盆分为十余盆，绿叶黄花，葳蕤多姿。我常想起黄山谷的句子：“白发黄花相牵挽，付与旁人冷眼看。”

菁清喜欢和我共同赏花，并且要我讲述一些有关花木的见闻，爰就记忆所及，拉杂记之。

一、海棠

海棠的风姿艳质，于群芳之中颇为突出。

我第一次看到繁盛缤纷的海棠是在青岛的第一公园。民国二十年春，值公园中樱花盛开，夹道的繁花如簇，交叉蔽日，蜜蜂嗡嗡之声盈耳，游人如织。我以为樱花无色无香，纵然蔚为雪海，亦无甚足观，只是以多取胜。徘徊片刻，乃转去苗圃，看到一排排西府海棠，高及丈许，而花枝招展，绿鬓朱颜，正在风情万种、春色撩人的阶段，令人有忽逢绝艳之感。

海棠的品种繁多，以“西府”为最胜，其姿态在“贴梗”“垂丝”之上。最妙处是每一花苞红得像胭脂球，配以细长的花茎，斜欹挺出而微微下垂，三五成簇。凡是花，若是紧贴在梗上，便无姿态，例如茶花，好的品种都是花朵挺出的。樱花之所以无姿态，便是因为无花茎。榆叶梅之类更是品斯下矣。海棠花苞最艳，开放之后花瓣的正面是粉红色，背面仍是深红，俯仰错落，浓淡有致。海棠的叶子也陪衬得好，嫩绿光亮而细致，给人整个的印象是娇小艳丽。我立在那一排排的西府海棠前面，良久不忍离去。

十余年后我才有机会在北平寓中垂花门前种植四棵西府海棠，着意培植，春来枝枝花发，朝夕品赏，成为毕生快事之一。明初诗人袁士元和刘德彝《海棠》诗有句云："主人爱花如爱珠，春风庭院如画图。"似此古往今来，同嗜者不在少。两蜀花木素盛，海棠尤为著名。昌州（今大足县）且有"海棠香国"之称。但是杜工部经营草堂，广栽花木，独不及海棠，诗中亦不加吟咏，或谓避母讳，不知是否有据。唐诗人郑谷《蜀中赏海棠》诗云："浓淡芳春满蜀乡，半随风雨断莺肠。浣花溪上堪惆怅，子美无心为发扬。"其言若有憾焉。

以海棠与美人春睡相比拟，真是联想力的极致。《唐书·杨贵妃传》："明皇登沉香亭，召杨妃，妃被酒新起，命力士从侍儿扶掖而至。明皇笑曰：'此真海棠睡未足耶？'"大概是海棠的那副懒洋洋的娇艳之状像是美人春睡初起。究竟是海棠像美人，还是美人像海棠，倒是一个有趣的问题。苏东坡一首《海棠》诗有句云："林深雾暗晓光迟，日暖风清春睡足。"是把海棠比作美人。

秦少游对于海棠特别感兴趣。宋释惠洪《冷斋夜话》："少游在横州，饮于海棠桥，桥南北多海棠，有老书生家于海棠丛间。少游醉宿于此，明日题其柱云：'唤起一声人悄，衾暖梦寒窗晓。瘴雨过，海棠开，春色又添多少。社瓮酿成微笑，半破瘿瓢共舀。觉倾倒，急投床，醉乡广大人间小。'"

家于海棠丛中，多么风流！少游醉后题词，又是多么潇洒！少游家中想必也广植海棠，因为同为苏门四学士的晁补之有一首《喜朝天》，注“秦宅海棠作”，有句云：“碎锦繁绣，更柔柯映碧，纤挡匀殷。谁与将红间白。采薰笼，仙衣覆斑斓。如有意，浓妆淡抹，斜倚阑干。”刻画得淋漓尽致。

二、含笑

白朴的曲子《广东原》有这样的一句：“忘忧草，含笑花，劝君闻早宜冠挂。”以忘忧草（萱草）与含笑花作对，很有意思。大概是语出欧阳修《归田录》：“丁晋公在海南，篇咏尤多，如：‘草解忘忧忧底事，花名含笑笑何人？’尤为人所传诵。”含笑花是什么样子，我从未见过，因为它是南方花木，北地所无。

我来到台湾之后十年，开始经营小筑，花匠为我在庭园里栽了一棵含笑。是一人来高的灌木，叶小枝多，毫无殊相。可是枝上有累累的褐色花苞，慢慢长大，长到像莲实一样大，颜色变得淡黄，在燠热湿蒸的天气中，突然绽开。不是突然展瓣，是花苞突然裂开小缝，像是美人的樱唇微绽，一缕浓烈的香气荡漾而出。所以名为含笑。那香气带着甜味，英文俗名称之为“香蕉灌木”（banana shrub），名虽不雅，确是贴切。宋人陈善《扪虱新话》：“含笑有大小，小含笑香尤酷烈。四时有花，唯夏中最盛。又有紫含笑、茉莉含笑。皆以日夕入稍阴则花开。初开香尤扑鼻。予山居无事，每晚凉坐山亭中，忽闻香风一阵，满室郁然，知是含笑开矣。”所记是实。含笑易谢，不待隔日即花瓣敞张，露出棕色花心，香气亦随之散尽，落花狼藉满地。但是翌日又有一批花苞绽开，如是持续很久。淫雨之后，花根积水，遂渐呈枯零之态。急为它垫高地基，盖以肥土，以利排水，不久又欣欣向荣，花苞怒放了。

大抵花有色则无香，有香则无色。不知是否上天造物忌全？含笑异香袭人，而了无姿色，在群芳中可独树一格。宋人姚宽《西溪丛语》载“三十客”之说，品藻花之风格，其说曰：“牡丹，贵客。梅，清客。李，幽客。桃，妖客。杏，艳客。莲，溪客。木樨，严客。海棠，蜀客。……含笑，佞客。……”含笑竟得佞客之名，殊难索解。佞有伪善或谄媚之意。含笑芬芳馥郁，何佞之有？我对于含笑特有一份好感，因为本地人喜欢采择未放的含笑花苞，浸以净水，供奉在亡亲灵前或佛龛案上，一瓣心香，情意深远，美极了。有一位送货工友，在我门外就嗅到含笑香，向我乞讨数朵，问以何用，答称新近丧母，欲以献在灵前，我大为感动，不禁鼻酸。

三、牡丹

牡丹不是我国特产，好像是传自西方。隋唐以来，始盛播于中土，朝野为之风靡。天宝中，杨贵妃在沉香亭赏木芍药，李白作《清平乐》词三章，有“云想衣裳花想容”之句。木芍药即牡丹。百年之后，裴度退隐，“寝疾永乐里，暮春之月，忽过游南园，令家仆童升至药栏，语曰：‘我不见花而死，可悲也。’怅然而返。明早报牡丹一丛先发，公视之，三日乃薨”。是真所谓牡丹花下死。白居易为钱塘守，携酒赏牡丹，张祜题诗云：“浓艳初开小药栏，人人惆怅出长安。风流却是钱塘守，不踏红尘看牡丹。”刘禹锡赏牡丹诗：“唯有牡丹真国色，花开时节动京城。”其他诗人吟咏牡丹者不计其数。

周敦颐《爱莲说》：“自李唐来，世人甚爱牡丹。……牡丹，花之富贵者也。……牡丹之爱宜乎众矣。”濂溪先生独爱莲，这也罢了，但是字里行间对于牡丹似有贬意。国色天香好像蒙上了羞。富贵中人和向往富贵的人当然仍是趋牡丹如鹜。许多志行高洁的人就不免要受《爱莲说》的影响，在众芳之中别有所爱而讳言牡丹了。一般人家里没有药栏，也没有盆栽的牡丹，但至少壁上可以悬挂一幅富贵花图。通常是一画就是五朵，而且颜色不同，魏紫姚黄之外再加上绛色的、粉红色的和朱红色的。据说这表示五世其昌。五朵花都是同时在盛开怒放的姿态之中，花蕊暴露，而没有一瓣是萎腇褪色的。同时，还必须多画上几个含苞待放的蓓蕾，表示不会断子绝孙。因此牡丹益发沾染了俗气。

其实，牡丹本身不俗。花大而瓣多，色彩淡雅，黄蕊点缀其间，自有雍容丰满之态。其质地细腻，不但花瓣的纹路细致，而且厚薄适度。叶子的脉理停匀，形状色彩，亦均秀丽可观。最难得的是其近根处的木本，在泡松的木干之中抽出几根，透润的枝条，极有风致。比起芍药不可同日而语。尝看恽南田工笔画的没骨牡丹，只觉其美，不觉其俗，也许因为他不是画给俗人看的。

名花多在寺院中，除了庄严佛土，还可吸引众生前去随喜。苏东坡知杭州，就常到明庆寺、吉祥寺赏牡丹，有诗为证。《雨中明庆寺赏牡丹》："霏霏雨露作清妍，烁烁明灯照欲然。明日春阴花未老，故应未忍着酥煎。"末句有典故，五代后蜀有一兵部，贰卿李昊，牡丹开时分赠亲友，附兴采酥，于花谢时煎食之。牡丹花瓣裹上面糊，下油煎之，也许有一股清香的味道，犹之菊花可以下火锅，不过究竟有些煞风景。北平崇孝寺的牡丹是有名的，据说也有所谓名士在那里吃油炸牡丹花瓣，饱尝异味。崂山的下清寺，有牡丹高与檐齐，可惜我几度游山不曾有一见的机会。

牡丹娇嫩，怕冷又怕热。东坡说："应笑春风木芍药，丰肌弱骨要人医。"我在故乡曾植牡丹一栏，天寒时以稻草束之，一任冰雪埋覆，来春启之施肥，使根干处通风，要灌水但是也要宜排水。届时花必盛开，似不需特别调护。在台湾亦曾参观过一次牡丹展，细小羸弱，全无妖妍之致，可能是时地不宜。

四、莲

《古乐府》:“江南可采莲，莲叶何田田。”不只江南可采莲，凡是有水的地方，大概都可以有莲，除非是太寒冷的地方。“曲院风荷”是西湖十景之一。南京玄武湖里一片荷花，多少人在那里荡小舟，钻进去偷吃莲蓬。可是莲花在北方依然是常见的，济南的大明湖，北平的什刹海，都是暑日菡萏敷披风送荷香的胜地，而北海靠近金鳌玉蝀一带的荷芰，在炎夏时候更是青年男女闹舡寻幽谈爱的好地方。

初来台湾，一日忽动乡思，想吃一碗荷叶粥，而荷叶不可得。市内公园池塘内有莲花，那是睡莲，非我所欲。后来看到植物园里有一相当大的荷塘，近边处的花和叶都已被人摧折殆尽。有一天去郊游，看见稻田中居然有一塘荷花，停身觅主人请购荷叶，主人不肯收资，举以相赠。回家煮粥，俟熟乘沸以荷叶盖在上面，少顷粥现淡绿色，有香气扑鼻。多余的荷叶弃之可惜，实以米粉肉，裹而蒸之，亦有情趣。其实这也是类似莼鲈之思，慰情聊胜于无而已。

小时家里种了好几大盆荷花。春水既泮，便从温室取出置阳光下，截除烂根细藕，换泥加水，施特殊肥料(车厂出售之修马掌、骡掌的角质碎片)。到了夏初，则荷叶突出，荷花挺现，不及池塘里的高大，但亦丰腴可喜。清晨露尚未晞，露珠在荷叶上滚来滚去。静看荷花展瓣，瓣上有细致的纹路，花心露出淡黄的花蕊和秀嫩的莲房，有一股说不出的纯洁之致。而微风过处，茎细而圆大的荷叶，微微摇晃，婀娜多姿，尤为动人。陈造《早夏》诗："凉荷高叶碧田田。"画家写风竹，枝叶披拂，令人如闻风飕飕声，但我尚未见有人画出饶有动态的风荷。

先君甚爱种荷。晨起辄徘徊荷盆间，计数其当日开放之花朵，低吟慢唱，自得其乐。记得有一次折下一枝半开的红莲插入一只仿古蟹爪纹细长素白的胆瓶里，送到书房几上。塾师援笔在瓶上写了"出淤泥而不染，濯清涟而不妖"几个大字，犹如俗匠在白瓷茶壶上题"一片冰心"一般。"花如解语还多事"，何况是陈腐的题句？欲其雅，适得其反。

近闻有人提议定莲花为花莲的县花。广植莲花，未尝不好，赐以封号，似可不必。

五、辛夷

辛夷，属木兰科，名称很多，一名新雉，又名木笔，因其花未开时形如毛笔。又名侯桃，因其花苞如小桃，有茸毛。辛夷南北皆有之。王维辋川别墅中即有一处名辛夷坞，有诗为证："木末芙蓉花，山中发红萼。涧户寂无人，纷纷开且落。"北平颐和园的正殿之前有两棵辛夷，花开极盛，但我一向不曾在花时游览，仅于画谱中略识其面貌。蜀中花事夙盛，大街小巷辄有花户设摊贩花。民国二十八年春，我在重庆，一日踱出中国旅行社招待所，于路隅花摊购得辛夷一大枝，花苞累累有百数十朵，有如杈枝繁多之蜡烛台，向逆旅主人乞得大花瓶一只，注满清水，插花入瓶，置于梳妆台上，台三面有镜，回光交映，一室生春。

辛夷有紫红、纯白两种，纯白者才是名副其实的木笔。而且真像是毛笔头，溜尖溜尖地一个个地笔直地矗立在枝上。细小者如小楷兔毫，稍大者如寸楷羊毫，更大如小型羊毫抓笔。著花时不生叶，赭色枝头遍括白笔头，纯洁无疵，蔚为奇观。花开六瓣，瓣厚而实，晨展而夕收，插瓶六七日始谢尽。北碚后山公园有辛夷数十木，高约二丈，红白相间，非常绚烂，我于偕友登小丘时无意中发现之。其处鲜有人去观赏，花开花谢，狼藉委地，没有人管。

美国西雅图市，家家户前芳草如茵，莳花种树，一若争奇斗艳。于篱落间偶然亦可见有辛夷杂于其内。率皆修剪其枝干不令过高。我的寄寓之所，院内也有一棵，而且是不落叶的那一种，一年四季都有绿叶，花开时也有绿叶扶持。比较难于培植，但是花香特别浓郁。有一次我发现一只肥肥大大的蜜蜂卧在花心旁边，近视之则早已僵死。杜工部句："不是爱花即欲死，只恐花尽老相催。"这只蜜蜂莫非是爱花即欲死？

来到台湾，我尚未见过辛夷。

六、水仙

岁朝清供，少不得水仙。记得小时候，一到新春，家人就把大大小小的瓷钵搬了出来，连同里面盛着的小圆石子一起洗刷干净，然后一钵钵地把水仙的鳞茎栽植其中，用石子稳定其根须，注以清水，置诸案头。那些小圆石子，色洁白，或椭圆，或略扁，或大或小，据说是产自南京的雨花台。多少年下来，雨花台的石子被人捡光了，所以家藏的几钵石子就很宝贵。好像比水仙还更被珍惜。为了点缀色彩，石子中间还撒上一些碎珊瑚，红白相间，别有情趣。

水仙一花六瓣，做白色，花心副瓣，做黄色，宛然盏样，故有“金盏银台”之称。它怕冷，需要阳光。我们把它放在窗内有阳光处去晒它，它很快地展瓣盛开。天天搬来搬去，天天换水，要小心地伺候它。它有袭人的幽香，它有淡雅的风致。虽是多年生草本，但北地苦寒难以过冬，不数日花开花谢，只得委弃。盛产水仙之地在闽南，其地有专家培植修割，及春则运销各地供人欣赏。英国十七世纪诗人赫立克（Herrick）看了水仙（narcissus）辄有春光易老之叹，他说：

人生苦短，和你一样，
我们的春天一样的短；
很快地长成，面临死亡，

和你，和一切，没有两般。

We have short time to stay, as you,

We have as short a spring;

As quick a growth to meet decay,

As you, or anything.

西方的水仙，和我们的品种略异，形色完全一样，而花朵特大，唯香气则远逊。他们不在盆里供养，而是在湖边泽地任其一大片一大片地自由滋生。诗人华兹华斯有一首名诗《我孤独地漫游，像一朵云》，歌咏的就是水边瞥见成千成万朵的水仙花，迎风招展，引发诗人一片欢愉之情而不能自已，而他最大的快乐是日后寂寞之时回想当时情景益觉趣味无穷。我没有到过英国的湖区，但是我在美洲若干公园里看见过成片的水仙，仿佛可以领略到华兹华斯当年的感受。不过西方人喜欢看大片的花丛，我们的文人雅士则宁可一株、一枝、一花、一叶地细细观赏，黄山谷所云“坐对真成被花恼”，情调完全不同(《离骚》中有“既滋兰之九畹兮，又树蕙之百亩”，我想是想象之词，不可能真有其事)。

在台湾，几乎家家户户有水仙点缀春景。植水仙之器皿，花样翻新，奇形怪状，似不如旧时瓷钵之古朴可爱，至于粗糙碎石块代替小圆石，那就更无足论了。

七、丁香

提起丁香，就想起杜甫一首小诗：

丁香体柔弱，乱结枝犹垫。
细叶带浮毛，疏花披素艳。
深栽小斋后，庶使幽人占。
晚堕兰麝中，休怀粉身念。

这是他的《江头五咏》之一，见到江畔丁香发此咏叹。时在宝应元年。诗中的“垫”字费解。仇注根据说文：“垫，下也。凡物之下坠皆可云垫。”好像是说丁香枝弱，故此下坠。施鸿保《读杜诗说》：“下堕义，与犹字不合。今人常语衬垫，若训作衬，则谓子结枝上，犹衬垫也。”施说有见地。末两句意义嫌晦，大概是说丁香可制为香料，与兰麝同一归宿，未可视为粉身碎骨之厄。仇注认为是寓意“身名隳于脱节”，《杜臆》亦谓：“公之咏物，俱有为而发，非就物赋物者。……丁香体虽柔弱，气却馨香，终与兰麝为偶，虽粉身甘之，此守死善道者。”似皆失之迂。

丁香结就是丁香蕾，形如钉，长三四分，故云丁香。北地俗人以为丁钉同音，出出入入地碰钉子，不吉利，所以正院堂前很少种丁香，只合“深栽小斋后”了。民国二十四年春我在北平寓所西跨院里种了四棵紫丁香。“白菡萏香，紫丁香肥。”丁香要紫的。起初只有三四尺高。十年后重来旧居，四棵高大的丁香打成一片，一半翻过了墙垂到邻家，一半斜坠下来挡住了我从卧室走到书房的路。这跨院是我的小天地，除了一条铺砖的路和一个石几两个石礅之外，本来别无长物，如今三分之二的空间付与了丁香。春暖花开的时候招蜂引蝶，满院香气四溢，尽是嘤嘤嗡嗡之声。又隔三十年，现在丁香如果无恙，不知谁是赏花人了。

八、兰

兰花品种繁多。所谓洋兰（卡特丽亚），顾名思义是外国来的品种，尽管花朵大，色彩鲜艳，我总觉得我们应该视如外宾，不但不可亵玩，而且不耐长久观赏。我们看一朵花，还要顾及它在我们文化历史上的渊源，这样才能引起较深的情愫。看花要如遇故人，多少旧事一齐兜上心来。在台湾，洋兰却大得其道，花展中姹紫嫣红，大半是洋兰的天下，态浓意远的丽人出入“贵宾室”中，衣襟上佩戴的也多半是洋兰。我喜欢品赏的是我们中国的兰。

我是北方人，小时不曾见过兰。只从芥子园画谱上学得东一撇西一撇地画成为一个凤眼，然后再加一笔破凤眼。稍长，友人从福建捧着一盆兰花到北平，不但真的是捧着，而且给兰花特制一个木条笼子，避免沿途磕碰。我这才真的见到了兰，素心兰。这个名字就雅，令人想起陶诗的句子“闻多素心人，乐与数晨夕”。花心是素的，花瓣也是素的，素白之中微泛一点绿意。面对素心兰，不禁联想到“弱不好弄，长实素心”的高士。兰的香味不是馥郁，是若有若无的缕缕幽香。讲到品格，兰的地位极高。我们常说“桂馥兰熏”，其实桂香太甜太浓，尚不能与兰相比。

来到台湾，我大开眼界。友人中颇有几位善于艺兰，所以我的窗前几上，有时候叨光也居然兰蕊驰馨。尝有客款扉，足尚未入户，就大叫起来：“君家有素心兰耶？”这位朋友也是素心人，我后来给他送去一盆素心兰。我所有的几盆兰，不数年分植为数十盆，乃于后院墙角搭起一丈见方的小棚，用疏隔的竹篾遮覆以避骄阳直晒，竹篾上面加铺玻璃以防淫雨，因此还招致了“违章建筑”的罪名，几乎被报请拆除。竹篾上的玻璃引起了墙外行人的注意，不久就有半大不小的各色人物用砖石投掷，大概是因为玻璃破碎之声清脆悦耳之故。小棚因此没有能持久，跟着我的数十盆兰花也渐渐地支离破碎了。和我望衡对宇的是胡伟克先生，我发现他家里廊上、阶前、墙头、树下，到处都是兰花，大部分是洋兰，素心兰也有，而且他有一间宽大的温室，里面也堆满了兰花。胡先生有一只工作台子，上面放着显微镜，他用科学方法为兰花品种做新的交配，使兰花长得更肥，色泽更为鲜艳多姿。他的兰花在千盆以上。我听他的夫人抱怨：“为了这些劳什子，我的手指都磨粗了。”我经常看见一车一车的盛开的兰花从他门前运走。他的家不仅是芝兰之室，真是芝兰工厂。

兰本来是来自山间，有苔藓覆根，雨露滋润，不需要什么肥料。移在盆里，他所需要的也只是适量的空气和水，盆里不可用普通的泥土，最好是用木炭、烧过的黏土、缸瓦碎片三种的混合物，取其通空气而易排水。也有人主张用砂、桂圆树皮、蛇木屑、木炭、碎石子混拌，然后每隔三个月用（NH_4）$_2SO_4$+KCE 液羼水喷洒一次。叶子上生虫也需勤加拂拭。总之，兰来自幽谷，在案头供养是不大自然的，要小心伺候了。

九、菊

花事至菊而尽，故曰蘜，蘜是菊之本字。蘜者，尽也。“兰有秀兮菊有芳，怀佳人兮不能忘。”这是汉武帝看着时光流转，自春徂秋，由花事如锦到花事阑珊，借着秋风而发的歌咏。菊和九月的关系密切，故九月被称为菊月，或称为菊秋，重阳日或径称为菊节。是日也，饮菊花茶，设菊花宴，还可以准备睡菊花枕，百病不生，平夙饮菊潭水，可以长生到一百多岁。没有一种花比菊花和人的关系打得更火热。

自从陶渊明“采菊东篱下”之后，菊就代表一种清高的风格，生长在篱笆旁边，自然也就带着几分野趣。吕东莱的句子“短篱残菊一枝黄，正是乱山深处过重阳”，是很好的写照。经人工加意培养，菊好像是变了质。宋《乾淳岁时记》："禁中例，于八日作重九，排当于庆瑞殿，分列万菊，灿然炫眼，且点菊灯，略如元夕。"这是在殿堂之上开菊展，当然又是一种情况。

菊是多年生草本，摘下幼枝插在土里就能活。曩昔在北平家园中，一年之内曾蕃殖数十盆，竟以秽恶之粪土培养之，深觉戚戚然于心未安。幼苗长大之后，枝弱不能挺立，则树细竹竿或秸秫以为支撑，并标以红纸签，写上"绿云""紫玉""蟹爪""小白梨"……奇奇怪怪的名称。一盆一盆地放在"兔儿爷摊子"上（一排比一排高的梯形架），看上去一片花朵，闹则闹矣，但是哪能令人想到一丝一毫的"元亮遗风"？

台湾艺菊之风很盛，但是似乎不取其清瘦，而爱其痴肥。每一盆菊都修剪成独花孤挺，叶子的正面反面经常喷药，讲究从根到顶每片叶子都是肥大绿光，顶上的一朵花盛开时直像是特大的馒头一个，胖胖大大的，需要铁丝做盘撑托着它。千篇一律，朵朵如此，当然是很富态相。"帘卷西风，人比黄花瘦"，那时的黄花，一定不像如今的这样肥。

十、玫瑰

玫瑰，属蔷薇科。唐朝有一位徐夤，作过一首咏玫瑰的诗：

芳菲移自越王台，最似蔷薇好并栽。
秾艳尽怜胜彩绘，嘉名谁赠作玫瑰?
春成锦绣风吹折，天染琼瑶日照开。
为报朱衣早邀客，莫教零落委苍苔。

诗不见佳，但是让我们知道在唐朝玫瑰即已成了吟咏的对象。《群芳谱》说："花亦类蔷薇，色淡紫，青橐黄蕊，瓣末白，娇艳芬馥，有香有色，堪入茶、入酒、入蜜。"这玫瑰，是我们固有品种的玫瑰，花朵小，红得发紫，香味特浓。可以熏茶，可以调酒（玫瑰露），可以做蜜汁（玫瑰木樨）。娇小玲珑，惹人怜爱。玫瑰多刺，被人视若蛇蝎，其实玫瑰何辜，他本不预备供人采摘。《三十客》列玫瑰为"刺客"，也是冤枉的。

外国的蔷薇品种不一，亦统称为玫瑰。常见有高至五六尺以上者，俨然成一小树，花朵肥大，除了深绯、浅红者外，还有黄色的，别有风致。也有蔓生的一种，沿着篱笆墙壁伸展，可达一两丈外。白色的尤为盛旺。我有朋友蛰居台中，莳花自遣，曾贻我海外优良品种之玫瑰数本，我悉心培护，施以舶来之"玫瑰食粮"，果然绰约妩媚不同凡响，不过气候、土壤皆不相宜，越年逐渐凋萎。园林有玫瑰专家，我曾专诚探访，畦圃广阔，洋洋大观，唯几乎全是外来品种，绚烂有余，韵味不足。求其能入茶、入酒、入蜜者，竟不可得，乃废然返。

四君子

梅、兰、竹、菊，号称花中四君子，其说始于何时，创自何人，我不大清楚。集雅斋梅、竹、兰、菊四谱，小引云："文房清供，独取梅、竹、兰、菊四君者，无他，则以其幽芬逸致，偏能涤人之秽肠而澄莹其神骨。"四君子风骨清高固无论已，但是初学花卉者总是由此入手，记得幼时模拟芥子园画谱就是面对几页梅、兰、竹、菊而依样画葫芦，盖取其格局笔路比较简单明了容易下笔。其中有多少幽芬逸致，彼时尚难领略。最初是画梅，我根本不曾见过梅花树，细枝粗杆，勾花点蕊，辄沾沾自喜，以为暗香疏影亦不过如是，直到有一位朋友给我当头一棒："吾家之犬，亦优为之。"从此再也不敢动笔。兰花在北方是少见的，我年轻时只见过一次，那是有人从福建"捧"到北方来的一盆素心兰，放在女主人屋角一只细高的硬木架上，居然抽茎放蕊，听说有幽香盈室（我闻不到），我只看到乱蓬蓬的像是一丛野草。竹子倒不大稀罕，不过像林处士所谓“竹树绕吾庐，清深趣有余”，对我而言一直是想象中的境界。所以竹雨是什么样子，竹香是什么味道，竹笑是什么神情，我都不大了解。有人说：“喜写兰，怒写竹。”这话当然有道理，但我有喜怒却没有这种起升华作用的才干。至于菊，直是满坑满谷，何处无之，难得在东篱下遇见它而已。近日来艺菊者往往过分溺爱，大量催肥，结果是每个枝头顶着一个大馒头，帘卷西风，花比人痴胖！这时候，谁还要为它写生？

我年事渐长，慢慢懂了一点道理，四君子并非是浪博虚名，确是各自有它的特色。梅，剪雪裁冰，一身傲骨；兰，空谷幽香，孤芳自赏；竹，筛风弄月，潇洒一生：菊，凌霜自得，不趋炎热。合而观之，有一共同点，都是清华其外，淡泊其中，不作媚世之态。画，不是纯技术的表现，画的里面有韵味，画的背后有个人。画家的胸襟风度不可避免地会流露在画面之上。我尝以为，唯有君子才能画四君子，才能恰如其分地表达出四君子的风骨。艺术，永远是人性的表现。唯有品格高超的人才能画出趣味高超的画。

刘延涛先生的《四君子图》，我认为实在是近年来罕见的精品，是四幅水墨画，不但画好，诗书也配合得好，看得出来是趁墨汁未干时就蘸着余墨题诗，一气呵成，墨色匀称。诗、书、画，浑然成为一体。四君子加上画家，应该是五君子了。画成于一九六三年、一九六四年间，我最初记得是在七友画展中见到的，印象极深。如今张在壁上，我乃能朝夕相对，令人翛然心远，俗虑顿消。画的题识是这样的：

最是傲霜菊亦残，更无雁字报平安，
少年意气消沉尽，自写梅花共岁寒。

故园清芬久寂寞，滋兰九畹不为多，
殷勤护得灵根旧，我欲飞投向汨罗。

高节临风夏亦寒，虚心阅世始能安，
于今渐悟修身法，日日砚前种万竿。

篱下寄居非得计，瓶中供养更堪哀，
何如大野友寒翠，迎接霜风次第开。

山杜鹃

山杜鹃，英文作 rhododendron，字首 rhodo 表“玫瑰”之意，字尾 dendron 表“树”之义，故亦可译作“玫瑰树”，事实上这植物开花时节真是花团锦簇，而躯干修伟，可达三十几英尺之高，蔚为壮观，称之为树亦甚相宜。是石南属常青灌木之一，叶子是互生的，春夏之交枝端绽出色彩鲜艳的伞状花，光彩照眼，如火如荼。花的颜色种类繁多，有红的、白的、粉红的、淡紫的，浓淡深浅各极其致。品种也很多，据说马来群岛、澳洲北部、中国高山及喜马拉雅山上都有分布。可是我从来没有看见过它。我们在四月底匆匆就道，就是生怕误了这个花季。

还好，我们到达西雅图，正赶上这个花季的尾声。这种花，华盛顿州引以自傲，奉为州花，其实西维吉尼亚州也是视为州花的。西雅图地处美国的西北角，在太平洋的边缘，在冬天有暖风向西南吹，在夏天有阿拉斯加海湾的冷气从西北方袭来，所以终年不冷不热，不湿不燥，正适于山杜鹃的生长。市区本身约九十平方英里，人口五十多万人（包括郊区则有一百一十多万人），和许多其他地方比较起来称得上是地广人稀。美国的住宅方式和我们的不同，他们好像是不喜欢围墙，每家门外都是或大或小的花园，一片草地，几堆花丛，家与家之间偶然也有用矮矮的篱笆隔离的，但是永远遮不住行人的视线，那万紫千红争奇斗妍好像是有意邀行人的注目。西雅图是建立在七座山头之上，全市的地势都是上上下下，我们住的地方有高屋建瓴之势，所以我从窗户望出去，到处是花树扶疏，蓊蓊郁郁。山杜鹃好像是每家都有几棵，或栽在房檐下，或植在草地中间，或任其在路边生长。我清晨散步，逐户欣赏那无数的山杜鹃，好像都在对着我笑。这里住家的主人主妇，在整理庭园上谁也不甘落后，你剪草地，我施肥，你拔莠草，我浇水，大概就是为了赢得行人一声赞叹吧。人与人，家与家……本来何必要隔上那么一堵墙？我译过一首美国诗人弗罗斯特的诗，不禁想起了它：

补墙

有一点什么，它大概是不喜欢墙，
它使得墙脚下的冻地涨得隆起，
大白天的把墙头石块弄得纷纷落；
使得墙裂了缝，二人并肩都走得过。
士绅们行猎时又是另一番糟蹋：

吾倦矣

他们要掀开每块石头上的石头，
我总是跟在他们后面去修补，
但是他们要把兔子从隐处赶出来，
讨好那群汪汪叫的狗。我说的墙缝
是怎么生的，谁也没看见，谁也没听见，
但是到了春季补墙时，就看见在那里。
我通知了住在山那边的邻居；
有一天我们约会好，巡视地界一番，
在我们两家之间再把墙重新砌起。
我们走的时候，中间隔着一垛墙。
我们走的时候，中间隔着一垛培。
落在各边的石块，由各自去料理。
有些是长块的，有些几乎圆得像球，
需要一点魔术才能把它们放稳当：
“老实待在那里，等我们转过身再落下！”
我们搬弄石头，把手指都磨粗了。
啊！这不过是又一种户外游戏，
一个人站在一边。此外没有多少用处：
在墙那地方，我们根本不需要墙：
他那边全是松树，我这边是苹果园。
我的苹果树永远也不会踱过去
吃掉他松树下的松球，我对他说。
他只是说：“好篱笆造出好邻家。”

春天在我心里作祟，我在悬想
能不能把一个念头注入他的脑里：
“为什么好篱笆造出好邻家？是否指
有牛的人家？可是我们此地又没有牛。
我在造墙之前，先要弄个清楚，
圈进来的是什么，圈出去的是什么，
并且我可能开罪的是些什么人家。
有一点什么，它不喜欢墙，
它要推倒它。”我可以对他说这是“鬼”，
但严格说也不是鬼，我想这事还是
由他自己决定吧。我看见他在那里
搬一块石头，两手紧抓着石头的上端，
像一个旧石器时代的武装的野蛮人。
我觉得他是在黑暗中摸索，
这黑暗不仅是来自深林与树荫。
他不肯探究他父亲传给他的格言，
他想到这句格言，便如此的喜欢，
于是再说一遍：“好篱笆造出好邻家。”

因西雅图家家户户不设围墙，我想起了这首诗，但是我也想起了我们的另一句俗话：“亲兄弟，高打墙！”

季淑爱花成癖，在花厂看到大片大片盆栽的山杜鹃，流连不忍去，我怂恿她买下最小的一盆，再困难我也要把它携回台湾。不料放在阳台上，雨露浸润，个把月的工夫，抽芽放叶，枝条挺出，俨然成了一棵小树；我们只好把它移植到庭园的一角，还它自由，不必勉强它离乡背井地在炎方瘴地去受流落之苦了。

哀枫树

我每至西雅图，下榻士耀、文蔷家。我六楼上的寝室有两个窗子，从南窗远眺，晴朗时可以看到的高一万四千余英尺的瑞尼尔山峰清清楚楚地浮现在天空中，山巅终年积雪，那样子很像日本的富士山，而其悬在半空的样子又有一点像是由我们的岳阳楼之遥望君山。西窗外，则有两棵大树骈立，一棵是杉，一棵是枫，根干相距约有十英尺，枝叶则纠结交叉，相依相偎如为一体。两棵树都高约五丈，虽非参天古木，亦甚庄严壮观。尤其是那株枫树，正矗立在我窗前，夕阳西下，几缕阳光从树叶隙处横射过来，把斑斓的叶影筛到窗幕上面。窗外的树，窗内的人，朝夕相对，默然无语。

枫树的种类很多，据说一百五十种以上。我们这棵枫树是最普通的一种，自阿拉斯加至南加州一带无处无之，是属于大叶枫的一类。叶厚而大，风过飒飒作响，所以此树从木从风。能制枫糖的是属于另外一种，“霜叶红于二月花”的则又是一种。我们中国诗人所常吟咏的是丹枫，又名霜枫，亦谓江枫。张继的《枫桥夜泊》中的“月落乌啼霜满天，江枫渔火对愁眠”，以及刘季游的《登天柱冈诗》中的“我行谁与报江枫，旋摆旌旗一路红”，都是有名的诗句。其实，红叶不限于枫，凡是树根吸取土中糖分过多，骤遏霜寒即起化学作用而呈红色，既非红颜娇艳取悦于人，亦非以憔悴之容惹人怜惜。

落叶乔木，到了季节，叶子总要变色脱落的。西雅图植物园里枫树很多，入秋红叶缤纷，有人认为景色甚美，我驱车往观，只是有一股萧瑟肃杀之气使人不快。我们这棵枫树，叶子不变红，变黄，一夜北风寒，黄叶纷纷落。我曾有好几个秋季给它扫除落叶。接连十天八天，叶子扫不尽。一早起来，就发现很厚的一层黄叶遮盖了一大块草地。我用大竹篾做的耙子，用力地耙拢成堆。从土壤里来的东西还让它回到土里去。扫叶工作相当累人，使人遍体生温，和龚半千扫叶楼的情景不大相同。扫叶楼是南京名胜之一，是我于一九二六年最喜欢盘桓的一个地方。那里庭院不大，树也不大，想半千居士所扫的落叶也不过是一种情趣的象征而已。我扫枫叶乃纯粹的劳动，整理庭除，兼为运动。

枫树不仅落叶烦人，春天开的小花，谢后散落如雨，而且所结的果实有翅，乘风滴溜溜地到处飞扬，落到草地上、石缝里、道路边，随地萌芽生长，若不勤加拔除，不久就会成为一片枫林。《易经》说："天地变化，草木蕃。"枫树之雄厚的蕃息力量，正是自然之道。不过由萌芽而滋长，逃过多少灾难，然后才能成为一棵几丈高的大树。枫树在我们需要阴凉的时候，它给我们遮阳，到了冬天我们需要温暖的时候它又迅速地脱卸那一身的浓密大叶，只剩下干枝光杆在半空寒风中张牙舞爪。它好知趣，好可人！

但树也有旦夕祸福。我这次回到西雅图来，隔窗一望那棵枫树不见了！再探头望下来，一块块的大木橛子、大木墩子，横七竖八地陈列在木栅边。一棵树活生生地被锯成了几十段！那棵杉，孤零零地立着，它失掉了贴身的伴侣，比我更难过。

原来是今年春天，树该发芽的时候，这棵枫树突然没有发出芽来，有气无力地在顶端冒出几片小叶。请了三位树医，各有不同的诊断。一位说是当年造房子打地基伤了树根，一位说是草地施肥杀莠使它中了毒，一位说是感染了无名的疾病。有一点三位完全同意：树已害了不治之症。善后是必须立即办理，否则恐难久立，在风雪怒号之中它会訇然仆地。邻居测量形势，所受威胁最大。于是三家比价，以二百五十元成交，立即伐木丁丁了。言明在先，只管锯成短橛，不管运走。木橛的最大圆周是八英尺有余，直径约二英尺半。唯一用途是当柴烧，分期予以火化。可是斧劈成柴，那工程不小，怕只好出资请人把它一块块地运走了。

现在我的窗前没有东西遮望眼，一片空虚。十年树木，只能略具规模，像这棵枫树之枝叶扶疏，如张巨盖，至少是百年以上的。然而大千世界，一切皆是无常，一棵树又岂是例外？“树犹如此，人何以堪？”

寒梅着花未

《中国文学史论集》卷一刘延涛先生作《王维》，有这样一段话：

> 维二十一岁举进士，调大乐丞，从此开始做官，直至尚书右丞。弟缙，更是官运亨通。维虽然在五十六岁时陷贼，但仍获优遇。事后也未遭受严厉处分。陷贼以前，他生活在大唐盛世，贼平以后，弟弟的官做得更大了。他这样的家庭环境，时代背景，对于民间疾苦和社会黑暗方面的体认，当然没有杜甫那样深刻。但像刘大杰在《中国文学发展史》内说他对于民生漠不关心，则是重大的错误！刘氏引了他一首杂诗："君自故乡来，应知故乡事。来日绮窗前，寒梅着花未？"便说他"见了乡人，不问民生的疾苦，不问亲友的状况，只关心到窗前的梅花，可知这派诗人，除了他个人以外，对于现

实的社会，是完全闭着眼了！”……实在责备得太过。我可以说在我们的历史上从没有不关心人民疾苦而能成为伟大诗人的！我们读王维的诗，有很多地方是对社会不平现象而发议论的。如……都充分暴露贵族的奢华与民生的憔悴，而造词则极其婉约。

刘延涛先生之言，是也。刘大杰的《中国文学发展史》在坊间一般中国文学史中算是比较好的之一，不过他批评王维也堕入了一般庸俗的邪见，以为凡是文学作品皆应千篇一律地反映民间疾苦，否则便是无视于现实社会。殊不知文学范围很广，社会现象复杂，文学创作不能限于某一单独题材。我们评论作家，也不应单凭一首小诗来论定作者全部的性格。

单就这一首杂诗而论，也有可以研讨的地方。一首诗，作于何年，作于何地，有无本事可考，都是很重要的。《赵松谷笺注王右丞集》，谓“叙诗之法，编年最上”是有见地的话，可惜，“拟欲编年，苦无所本”。《赵注王右丞集》卷十三《杂诗》共列三首，是否同时同地所作，不得而知。细绎三首内容，又好像是不无关联。因此我猜想，王维这首小诗也许不是自抒乡思，而是揣摸远客心理，发为关切家乡的殷勤问讯。案王维太原人，其父徙家于蒲，遂为河东人（见刘昫唐书本传），王维一生足迹所至未出京兆、济州、凉州、洛阳一带，都是属于寒冷的北方。北地也有梅花，究竟是盛于江南江北。《梁书·何逊传》："何逊作扬州法曹，廨舍有梅花一株，花盛开，逊吟咏其下。后居洛思梅花，再请其任，从之。抵扬州，花方盛，逊对花彷徨终日。"是旅居北地之人萦怀家乡之梅花，甚至千里迢迢专诚访视，已成为历史上的佳话。王维此诗，我猜想是代一个旅居北地的人透露其怀念江南家乡的情思。《杂诗》之另一首："家住孟津河，门对孟津口。常有江南船，寄书家中否？"同样是写寄居北地的江南人的乡思。故乡是指江南，而王维的故乡不是江南。

假如我的猜想不错，即使这首小诗不是自摅胸臆，而是假托虚构，我们依然可以问：客自故乡来，为什么不问别的，单问窗前的寒梅着花未？王维写此诗是在什么年代固无从考证，据唐书本传，代宗好文，于王维故后对他的弟弟王缙说："卿之伯氏，天宝中，诗名冠代，朕尝于诸王座闻其乐章。今有多少文集，卿可进来。"王缙说："臣兄开元中诗百千余篇，天宝事后，十不存一。"很可能这首小诗作于开元中。王维陷贼是在天宝十五载，时王维五十六岁，他六十一岁便死了。所以此诗作于比较太平的时期，大概是可能的。他不可能问出"来日朱门前，有无冻死骨"之类的话。再说，诗不比闲话散文，要特别讲究情趣格调。四友斋丛说："五言绝句当以王右丞为绝唱。"评价实在很高。五言绝句，局面很小，容不下波澜壮阔的思潮，只好拈取一星半点的灵机隽语，既不可失之凝滞，亦不可过于庄严。像王维这首杂诗，温柔潇洒，恰如其分，不愧为绝唱。凡是有过离乡羁旅的经验的人，谁不惦念其家园中的一草一木，人情所系，千古无殊。

一位作者的气质永远是多方面的，说他是田园诗派，他有时也神游八表；说他是隐逸一流，他有时也表露用世的雄心，似不宜轻加类别。王维有《请回前任司职田粟施贫人粥状》一文，见《右丞集》卷十八，似常为读者所忽略，如今读之想见王维对于现实社会并非“完全闭着眼”——

右臣比见道路之上，冻馁之人，朝尚呻吟，暮填沟壑，陛下圣慈怜愍，煮公粥施之，顷午以来，多有全济，至仁之德，感动上天，故得年谷颇登，逆贼皆灭，报施之应，福佑昭然。臣前任中书舍人，给事中，两任职田，并合交纳。近奉恩敕，不许并清。望将一司职田，回与施粥之所，于国家不减数粒，在穷窘或得再生，庶以上福圣躬，永宏宝祚。仍望令刘晏分付所由讫，具数奏闻，如圣恩允许，请降墨敕。

王维愿把他所得的两份京官的“职分田”捐出一份作为施贫人粥之用。千载而下，读之犹感仁者之所用心。至于他晚年屏绝尘累，以禅诵为事，自谓“晚年惟好静，万事不关心”，那是另一回事，兹不赘。

盆 景

我小时候，看见我父亲书桌上添了一个盆景，我非常喜爱。是一盆文竹，栽在一个细高的方形白瓷盆里；似竹非竹，细叶嫩枝，而不失其挺然高举之致。凡物小巧则可爱。修篁成林，蔽不见天，固然幽雅宜人，而盆盎之间绿竹猗猗，则亦未尝不惹人怜。文竹属百合科，当时在北方尚不多见。

我父亲为了培护他这个盆景，费了大事。先是给它配上一个不大不小的硬木架子，安置在临窗的书桌右角，高高地傲视着居中的砚田。按时浇水，自不待言，苦的是它需阳光照晒，晨间阳光晒进窗来，便要移盆就光，让它享受那片刻的煦暖。若是搬到院里，时间过久则又不胜骄阳的肆虐。每隔一两年要翻换肥土，以利新根。败枝枯叶亦须修剪。听人指点，用笔管戳土成穴，灌以稀释的芝麻酱汤，则新芽茁发，其势甚猛。有一年果然抽芽蹿长，长至数尺而意犹未尽，乃用细绳吊系之，使缘窗匍行，如篱萝然。

此一盆景陪伴先君二三十年，依然无恙。后来移我书斋之内，仍能保持常态，在我凭几写作之时，为我增加情趣不少。嗣抗战军兴，家中乏人照料，冬日书斋无火，文竹终于僵冻而死。丧乱之中，人亦难保，遑论盆景！然我心中至今戚戚。

这一盆文竹乃购自日商。日本人好像很精于此道。所制盆栽，率皆枝条掩映，俯仰多姿。尤其是盆栽的松柏之属，能将文理盘错的千寻之树，缩收于不盈咫尺的缶盆之间，可谓巧夺天工。其实盆栽之术，源自我国，日人善于模仿，巧于推销，百年来盆栽遂亦为西方人士所嗜爱。bonsai 一语实乃中文盆栽二字之音译。

据说盆景始于汉唐，盛于两宋。明朝吴县人王鏊作《姑苏志》有云："虎邱人善于盆中植奇花异卉，盘松古梅，置之几案，清雅可爱，谓之盆景。"当时姑苏不仅擅园林之美，且以盆景之制作驰誉于一时。刘銮《五石瓠》："今人以盆盎间树石为玩，长者屈而短之，大者削而约之，或肤寸而结果实，或咫尺而蓄虫鱼，概称盆景，元人谓之些子景。"些子大概是元人语，细小之意。

我多年来漂泊四方，所见盆景亦夥，南北各地无处无之，而技艺之精则均与时俱进。见有松柏盆景，或根株暴露，做龙爪攫拿之状，名曰"露根"。或斜出倒挂于盆口之外，挺秀多姿，俨然如黄山之"蒲团""黑虎"，名曰"悬崖"。或一株直立，或左右并生，无不于刚劲挺拔之中展露搔首弄姿之态。甚至有在浅钵之中植以枫林者，一二十株枫树集成丛林之状，居然叶红似火，一片霜林气象。种种盆景，无奇不有，纳须弥于芥子，取法乎自然。作为案头清供，诚为无上妙品。近年有人以盆景为专业，有时且公开展览，琳琅满目，洋洋大观。盆景之培养，需要经年累月，悉心经营，有时甚至经数十年之辛苦调护方能有成。或谓有历千百年之盆景古木，价值连城，是则殆不可考，非我所知。

盆景之妙虽尚自然，然其制作全赖人工。就艺术观点而言，艺术本为模仿自然。例如图画中之山水，尺幅而有千里之势。杜甫望岳，层云荡胸，飞鸟入目，也是穷目之所极而收之于笔下。盆景似亦若是，唯表现之方法不同。黄山之松，何以有那样的虬蟠之态？那并不是自然的生态。山势确荦，峭崖多隙，松生其间，又复终年的烟霞翳薄，夙雨飕飕，当然枝柯虬曲，甚至倒悬，欲直而不可得。原非自然生态之松，乃成为自然景色之一部。画家喜其奇，走笔写松遂常作龙蟠虬曲之势。制盆景者师其意，纳小松于盆中，培以最少量之肥，使之滋长而不过盛，芟之剪之，使其根部坐大，又用铅铁丝缚绕其枝干，使之弯曲作态而无法伸展自如。

艺术与自然本是相对的名词。凡是艺术皆是人为的。西谚有云：Ars est celare artem（真艺术不露人为的痕迹），犹如吾人所谓“无斧凿痕”。我看过一些盆景，铅铁丝尚未除去，好像是五花大绑，即或已经解除，树皮上也难免有皮开肉绽的疤痕。这样的艺术制作，对于植物近似戕害生机的桎梏。

我常在欣赏盆景的时候，联想到在游艺场中看到的一个患侏儒症的人，穿戴齐整地出现在观众面前，博大家一笑。又联想到从前妇女的缠足，缠得趾骨弯折，以成为三寸金莲，作摇曳婀娜之态！

我读龚定庵《病梅馆记》，深有所感。他以为一盆盆的梅花都是匠人折磨成的病梅，用人工方法造成的那副弯曲佝偻之状乃是病态，于是他解其束缚，脱其桎梏，任其无拘无束地自然生长，名其斋为病梅馆。龚氏之文，常在我心中出现，令我憬然有悟，知万物皆宜顺其自然。盆景，是艺术，而非自然。我于欣赏之余，真想效龚氏之所为，去其盆盎，移之于大地，解其缠缚，任其自然生长。

观景

南游杂感

一

我由北京动身的那天正是清明节，天空并没有落雨，只是阴云密布，呈现出一种黯淡的神情，然而行人已经觉得欲断魂了。我在未走之前，恨不得插翅南翔，到江南调换调换空气；但是在火车蠕动的时候，我心里又忽自嗫嚅不安起来，觉得那座辉煌庞大的前门城楼似乎很令人惜别的样子。不知有多少人诅咒过北京城了，嫌它灰尘大。在灰尘中生活了二十几年的我，却在暂离北京的时候感到恋恋不舍的情意！我想跳下车来，还是吃一个星期的灰尘吧，还是和同在灰尘中过活的伴侣们优游吧……但是火车风驰电掣地去了。这一来不大打紧，路上可真断魂了。

断了一次魂以后，我向窗外一望，尽是些垒垒的土馒头似的荒冢；当然，我们这些条活尸，早晚也是馒头馅！我想我们将来每人头上顶着一个土馒头，天长日久，中国的土地怕要完全是一堆一堆的只许长草不许种粮的坟头了。经济问题倒还在其次，太不美观实在是令人看了难受。我们应该以后宣传，大家“曲辫子”以后不要在田地里筑起土馒头。

和我同一间车房的四位旅客，个性都很发达。A是一个小官僚，上了车就买了一份老《申报》和一份《顺天时报》。B、C、D三位似乎都是一间门面的杂货店的伙计。B大概有柜台先生的资格，因为车开以后他从一个手巾包里抽出一本《小仓山房尺牍》来看。C有一种不大好的习惯，他喜欢脱了鞋抱膝而坐。D是宰予之流，车开不久他就张着嘴睡着了；睡醒以后，从裤带上摘下一个琵琶形的烟口袋，一根尺余长的旱烟杆。这三位都不知道地板上是不该吐痰的，同时又不“强不知以为知”的，于是开始大吐其痰。我从他们的吐痰中，发现了一个中国人特备的国粹，“调和性”。一旦痰公然落到地板上以后，痰的主人似乎直觉地感到一些不得劲儿，于是把鞋底子放在痰上擦了几下。鞋底擦痰的结果，便是地板上发现一块平匀的湿痕（痰是看不见了，反对地板上吐痰的人也无话可说了，此之谓调和）。

从北京到济南，我就在这样的环境里生活着，我并没有什么不满，因为我知道这叫作“民众化”！

二

车过了济南，酣睡了一夜。火车的单调的声音，使人不能不睡。我想诗的音节的功效也是一样的，例如 spencerian stanza，前八节是一样的长短节奏，足以使人入神，若再这样单调下去，读者就要睡了，于是从第 X 行便改了节奏，增加一个音。火车是永远的单调，并且是不合音乐的单调。但是未来派的音乐家都是极端赞美一切机轮轧轧的声音呢。

一觉醒来，大概是安徽地界了吧，但见一片绿色，耀入眼帘，比起山东地界内的一片荒漠，寸草不生的情形，真是大不相同了。我前年过此地的时候，正在闹水灾，现在水干了，全是良田。北方农人真是寒苦，不要说他们的收获不及南方农家的丰富，即是荒凉的环境，也够人难受了。但是由宁至沪一带，又比江北好多了，尽是一片一片的油菜花，阳光照上去，像黄琉璃似的，水牛也在稻田里面工作着，山清水秀，有说不出的一股畅和的神情。似泰山一带的山陵，雄险峻危，在江南是看不到了。“仁者乐山，智者乐水”，我想近水的人真是智，不说别的，单说在上海从四马路到马霍路黄包车夫就敲我二角钱！

三

我在上海会到的朋友，有郁达夫、郭沫若、成仿吾。除了达夫以外，都是没会过面的文字交，其实看过《女神》《三叶集》的人不能说是不认识沫若了。沫若和仿吾住在一处，我和达夫到他们家的时候，他们正在吃午饭。饭后我们便纵谈一切，最初谈的是国内翻译界的情形。仿吾正在做一篇论文，校正张东荪译的《物质与记忆》。我从没有想到张东荪的译本居然会有令人惊异的大错……

上海西方化的程度，在国内要首屈一指了。就我的观察所及，洋服可以说是遍处皆是，并且穿得都很修洁可观。真糟，什么阿猫阿狗都穿起洋装来了！我希望我们中国也产出几个甘地，实行提倡国粹，别令侵入的文化把我们固有的民族性打得片甲不留。我在上海大概可以算是乡下人了，只看我在跨过马路时左右张望的神气就可以证实，我很心危，在上海充乡下人还不要紧，在纽约芝加哥被视为老憨，岂不失了国家体面？不过我终究还是甘心做一个上海的乡下人，纽约的老憨。

除了洋装以外，在上海最普遍的是几句半通的英语。我很怀疑，我们的国语是否真那样不敷用，非带引用英语不可？在清华的时候，我觉得我们时常中英合璧的说话是不大好的，哪里晓得，清华学生在北京固是洋气很足，到了上海和上海的学生比比，那一股洋气冲天的神情，简直不是我们所能望其项背了。

四

嘉善是沪杭间的一个小城。我到站后就乘小轿车进城，因为轿子是我的舅父雇好了的。我坐在轿子上倒也觉得新奇有趣。轿夫哼哈相应，汗流浃背，我当然觉得这是很不公道的举动，为什么我坐在轿上享福呢？但是我偶然左右一望，看着黄金色的油菜花，早把轿夫忘了。达夫曾说："我们只能做 bourgeoisie 的文学，'人力车夫式'的血泪文学是做不来的。"我正有同感。

嘉善最令我不能忘的两件事：便桶溺缸狼藉满街，刷马桶、淘米、洗菜在同一条小河里举行。这倒真是丝毫未受西方化影响的特征。两条街道，虽然窄小简陋，但是我走到街上心里却很泰然自若，因为我知道我身后没有汽车、电车等杀人的利器追逐我。小小的商店，疏疏的住房，虽然是很像中古时期的遗型，在现代未免是太无进步，而我的确看到，住在这里的人，精神上很舒服，"乐在其中矣"。

这里有一个医院、一个小学校、一个电灯厂，还有一营的军队。鸦片烟几乎是家常便饭，吸者不知凡几。生活程度很低，十几间房子租起来不过五块钱。我想大城市生活真是非人的生活，除了用尽心力去应付经济压迫以外，我们就没有工夫做别的事了。并且在大城市里，物质供给太便利，精神上感到不安宁的苦痛。所以我在嘉善只住了一天，虽然感受了一天物质供给不便利的情形，但是我在精神上比在上海时满意多了。

五

我到南京，会到胡梦华和一位玫瑰社的张女士，前者是我的文字交，后者是同学某君介绍的，他们都是在东南大学。我到南京的时候是下午，那天天气还好，略微有些云雾的样子。梦华领我出了寄宿舍，和一个车夫说："鸡鸣寺！怎么？你去不去？"车夫迟疑了一下，笑着说："去！"我心里兀自奇怪，我想：车夫为什么笑呢？原来鸡鸣寺近在咫尺，我们坐上车两三分钟就到了，这不怪车夫笑我们，我们下了车自己也忍不住笑起来。梦华说："我恐怕你疲倦了……"

鸡鸣寺里有一间豁蒙楼，设有茶座，我们沿着窗边坐下了。这里有许多东大的学生，一面品茶，一面看书，似乎是非常潇洒快意。据说这个地方是东大学生俱乐部的所在。推窗北眺，只见后湖的一片晶波闪烁，草木葱茂。石城古迹，就在寺东。

北极阁在寺西，雨渍尘封，斑驳不堪了，登阁远瞩，全城在望。

南京的名胜真多，可惜我的时间太短促了。第二天上午我们游秦淮河，下午我便北返了。秦淮河的大名真可说是如雷贯耳，至少看过《儒林外史》的人应该知道。我想象中的秦淮河实在要比事实的还要好几倍，不过到了秦淮河以后，却也心满意足了。秦淮河也不过是和西直门高梁桥的河水差不多，但是神气不同。秦淮河里的船也不过是和万牲园松风水月处的船差不多，但是风味大异。我不禁想起从前鼓乐喧天灯火达旦的景象，多少的王孙公子在这里沉沦迷荡！其实这里风景并不见佳，不过在城里有这样一条河，月下荡舟却也是乐事。我在北京只在马路上吃灰尘，突然到河里荡漾起来，自然觉得格外有趣。

东南大学确是有声有色的学校，当然他的设备是远不及清华，他的图书馆还不及我们的旧礼堂；但是这里的学生没有上海学生的浮华气，没有北京学生的官僚气，很似清华学生之活泼朴质。清华同学在这里充教职的共十七人，所以前些天我们前校长周寄梅到这里演说，郭校长说出这样一句介绍词："周先生是我们东南大学的太老师。"实在，东大和清华真是可以立在兄弟行的。这里的教授很能得学生的敬仰，这是胜过清华的地方。我会到的教授，只是清华老同学吴宓。我到吴先生班上听了一小时，他在讲法国文学，滔滔不断，娓娓动听，声如走珠，如数家珍。我想一个学校若不罗致几个人才做教授，结果必是一个大失败。我觉得清华应该特别注意此点。梦华告诉我，他们正在要求学校把张鑫海也请去，但因经济关系不知能成功否。下午梦华送我渡江，我便一直地北上了。我很感激梦华和张女士，蒙他们殷勤的招待，并且令梦华睡了一夜的地板。

六

我南下的时候，心里多少还有几分高兴，归途可就真无聊了。南游虽未尽兴，到了现在总算到了期限，不能不北返了。在这百无聊赖的火车生活里怎么消遣？打开书本，一个字也看不进去，躺在床上，睡也睡不着。可怕的寂寥啊！没有法子，我只有去光顾饭车了。

一天一夜的火车，真是可怕。我想利用这些时间去沉思吧，但是辘辘的车声吵得令人焦急。在这无聊的时候，我也只有做无聊的事了。我把衣袋里的小本子拿出来，用笔写着：——“我是北京清华学校的某某，家住北京……胡同，电话……号，In case of accident，please notify my family！”事后看起来，颇可笑。车到泊头，我便朗吟着：

——列车抖得寂然，到哪一站了？
我起来看看。
路灯上写着“泊头”，
我知道到的是泊头。

无聊的诗在无聊的时候吟，更是无聊至极了。唉，不要再吟了，又要想起那“账簿式”的诗集了！

我在德州买了一筐梨，但是带到北京，一半烂了。

我很想在车上作几首诗，在诗尾注上“作于津浦道上”，但是我只好让人独步，我实在办不了。同车房里有一位镇江的妇人，随身带了十几瓶醋，那股气味真不得了，恐怕作出诗也要带点秀才气味呢。

在夜里十点半钟，我平安地到了北京，行李衣服、四肢头颅完好如初，毫无损坏。

动物园

我爱逛动物园。从前北平西直门外有个三贝子花园，后来改建为万牲园，再后来为农业试验所。我小时候正赶上万牲园的全盛时代。每逢春秋佳日，父母则带着我们几个孩子去逛一次。

万牲园门口站着两个巨人，职司检票。他们究竟有多高，已不记得，不过从稚小的孩子眼里看来，仰而视之，高不可攀，低头看他的脚，大得吓人！两个巨人一胖一瘦，都神情木然，好像是陷入了“小人国”，无可奈何地站在那里。万牲园的主事者找到这两个巨无霸把头关，也许是把他们当作珍禽异兽一般看待，供人观赏。至少我每次逛万牲园，最兴奋的第一桩事就是看那两位巨人。可惜没有三五年，二人都先后谢世，后起无人，万牲园为之大为减色。

走进大门，有两个入口，左为植物园，右为动物园。两个园之间有路可通，游人先入动物园，然后循线入植物园，然后至出口。中间还有一条沟渠一般的小河，可以行船，游人纳费登舟，可略享水上漂浮之趣。登船处有一小亭，额曰“松风水月”，未免小题大做。有河就不能没有桥，在畅观楼前面就起了一座相当高大的拱桥，俗所谓罗锅桥。桥本身不错，放在那里却有一些不伦不类。

植物园其实只是一个苗圃，既无古木参天，亦无丘陵起伏，一片平地，黄土成垄而已。但是也有两个建筑物。一个是畅观楼，据说是慈禧太后去颐和园时途经此地，特建此楼为息足之处。楼高两层，洋式，内贮历朝西洋各国进贡的自鸣钟，满坑满谷，大大小小，形形色色，足有数百余具。当时海运初开，平民家中大抵都有自鸣钟，但是谁也没见过这样的场面，到此大开眼界。为什么这样多的自鸣钟集中陈列在此，我不知道。除了自鸣钟之外，还有两个不寻常的穿衣镜，一凹一凸，走近一照，不是把你照成面如削瓜，便是把你照成柿饼脸，所以这两个镜子号称为“一见哈哈笑”。孩子们无不嬉笑称奇。

另一个建筑是豳风堂。是几间平房，但是堂庑宽敞，有棚可遮阳，茶座散落于其间。游客到此可以品茗休息。堂名取得好，《诗经·豳风·七月》之篇，描述垄亩之间农家生活的况味。

植物园的风光不过如此，平凡无奇，但是，久居城市的人难得一嗅黄土泥的味道，难得一见果树成林的景象，到此顿觉精神一振。至于青年男女在这比较冷僻的地方携手同行，喁喁私语，当然更是觉得这是一个好去处了。

万牲园究竟是以动物园为主。这里的动物不多，可是披头散发的雄狮、斑斓吊睛的猛虎、笨拙庞大的犀牛、遍体条纹的斑马、浑身白斑的梅花鹿、甩着长鼻龅着大牙的象、昂首阔步有翅而不能飞的鸵鸟、略具人形的狒狒、成群的抓耳挠腮的猕猴、蜿蜒腹行的巨蟒、借刺防身的豪猪、时而摇头晃脑时而挺直人立的大黑狗熊，此外如大鹦鹉、小金丝雀之类，也差不多应有尽有了。我难以忘怀的是在池塘柳荫之下并头而卧交颈而眠的那一对色彩鲜艳的鸳鸯，美极了。

动物关在栏里，一定很苦，就拿那黑熊来说，偌大的身躯长年关在那方丈小笼之内，直如无期徒刑。虽然动物学家说，动物在心理上并不一定觉得它是被关在笼子里，而是人被关在笼子外，人不会来害它，它有安全感。我看也不一定安全，常有自恃为万物之灵的人，变着方法欺侮栅里的兽，例如把一根点燃了的纸烟递到象鼻的尖端，烫它一下。更有人拿石头掷击猴子，好像是到动物园来打猎似的！过不了多少年，园里的动物一个个地进了标本室，犹人之进了祠堂一般。是否都是“考终命”，谁知道？

动物一个个地老成凋谢，那些兽栅渐渐十室九空。显然的，动物园已难以维持下去。我记得我最后一次去是在我二十岁左右的时候，偕友进得大门干脆左转，照直踱入植物园，在苗圃里徜徉半天，那萧索败落的万牲园我不忍再去一顾。童时向往的万牲园，盛况已成陈迹了。

自从我离开北平，数十年仆仆南北，尚未看到过一个像样的动物园。我们中国人对于此道好像不甚考究。据司马相如的《上林赋》，汉武帝增扩的上林苑周袤三百里，其中包括了一个专供天子畋猎的动物园，可以“生貔豹，搏豺狼，手熊罴，足壄羊，蒙鹖苏，绔白虎，被斑纹……”真是说得天花乱坠，恐怕只是文人词客的彩笔夸张，未必属实。我看见过的现代民间豢养的动物，无非是在某些公园中偶然一见的一两只虎，市廛游戏场中之耍猴子耍狗熊的等等而已。直到一九四九年我来到台湾，才得以在台北圆山再度亲近一个动物园。

圆山动物园规模不算大，但是日本人经营的作风相当巧妙。岛国的人最擅长的，是在咫尺之间造出那样多的曲折迂回。圆山动物园应是典型的东洋庭园艺术的一例。小小的一个山丘，竟有如许丘壑。最高处路旁有一茶肆，有高屋建瓴之势，凭窗远眺，于阡陌梯田之中常见小火车一列，冒着蒸汽蜿蜒而过。夕阳反照，情景相当幽绝。彼时我寓中山北路，得便常去一游。好多次看见成群的村姑结伴而行，一个个手举着高跟鞋跣足登陟山坡，蔚为一景（如今皮鞋穿惯，不复见此奇景矣）。

有一次游园，正值园工手持活鸡饲蛇。游人蠡聚争睹此一奇观。我亦不禁心动，攘臂而前，挤入人丛，但人墙无由冲破，乃知难而退。退出后始发觉西装袋上所插之自来水笔已被人扒去。对我而言，当时失掉一支笔，损失很重。笑话中“人多处不可去”之阃训，不无道理。因此我想，我来动物园是来看动物，不是来看人。要看人，大街小巷万头攒动，何必到这里来凑热闹？从此动物园我就少去了。后来旁边又拓辟了儿童乐园，我更加明白这不是属于我的去处。但是我对于那些动物还是很关心的。听说有些游客捉弄动物、虐待动物，我就非常愤懑。听说园中限于经费，有时虎豹之类不能吃饱，我也难过，因为我们把兽关进园内，它们就是我们的客，待客有待客之道。就如同我们家里养猫养狗，能让它们饔飧不继吗？

圆山动物园就要迁移新址，动物将有宽敞的自然的生活空间，我有五愿：

一愿它们顺利乔迁；

二愿它们此后快乐；

三愿园主园丁善待它们；

四愿游客不要虐待它们；

五愿大家不要污染环境。

我觉得动物园之迁移新地，近似整批囚犯的假释，又像是一次大规模的放生。

好多年前，记得好像是《新月》杂志第四期，载有一篇《动物园中的人》，是英国小说家 David Garnett 作，徐志摩译。小说的大意是叙述一个人自愿进入动物园，住进一个铁栏，作为动物的一类，任人参观。他被接受了，栏上挂着一个牌子“Homo Sapiens（灵长类）人”。下面注一行小字：“请游客不要惹恼他。”这只是小说的开端，志摩没有继续译下去。我劝他译完全篇，他口头答应但是没有做。虽是残篇译本，我们可以看出这部小说的构想不错。我至今忘不了这个残篇，就是因为我一直在想，想了几十年，想人类在动物界里究竟占什么样的地位。是万物之灵，灵在哪里？是动物中兽的一类，尚保有多少兽性？人性是什么？假如要我为那“动物园中的人”写一篇较详细的说明书，我将如何写法？这一连串的问题我一直在想，但是参不透。

春風已經吹起
花兒開在眼前
周末郊野踏青
享受片刻清閒
戊戌初春時節暖風乍起
鶯飛草長
漫遊江南豈不快哉
老村

忆青岛

“上有天堂，下有苏杭。”天堂我尚未去过。《启示录》所描写的：“从天上上帝那里降下来的圣城耶路撒冷，那城充满着上帝的荣光，闪烁像碧玉宝石，光洁像水晶。”城墙是碧玉造的，城门是珍珠造的，街道是纯金的。珠光宝气，未能免俗。真不想去。新的耶路撒冷是这样的，天堂本身如何，可想而知。至于苏杭，余生也晚，没赶上当年的旖旎风光。我知道苏州有一个顽石点头的地方，有亭台楼阁之胜，网师渔隐，拙政灌园，均足令人向往。可是想到一条河里同时有人淘米、洗锅、刷马桶，不禁胆寒。杭州是白傅留诗、苏公判牍的地方，荷花十里，桂子三秋，曾经一度被人当作汴州。如今只见红男绿女游人如织，谁有心情看浓妆淡抹的山色空蒙。所以苏杭对我也没有多少号召力。

我曾梦想，如果有朝一日，可以安然退休，总要找一个比较舒适安逸的地点去居住。我不是不知道随遇而安的道理。

树下一卷诗，

一壶酒，一条面包——

荒漠中还有你在我身边歌唱——

啊，荒漠也就是天堂！

这只是说说罢了。荒漠不可能长久地变成天堂。我不存幻想，只想寻找一个比较能长久的居之安的所在。我是北平人，从不以北平为理想的地方。北平从繁华而破落，从高雅而庸俗、而恶劣，几经沧桑，早已无复旧观。我虽然足迹不广，但北自辽东，南至百粤，也走过了十几省，窃以为真正令人流连不忍去的地方应推青岛。

青岛位于东海之滨，在胶州湾之入口处，背山面海，形势天成。光绪二十三年（一八九七年），德国强租胶州湾，辟青岛为市场，大事建设。直到如今，青岛的外貌仍有德国人的痕迹。例如房屋建筑，屋顶一律使用红瓦片，山坡起伏，绿树葱茏之间，红绿掩映，饶有情趣。民国三年，青岛又被日本夺占，民国十一年才得收回。随后虽然被几个军阀盘踞，但表面上没有遭到什么破坏。当初建设的根底牢固，就是要糟蹋，一时也糟蹋不了。青岛的整齐清洁的市容一直维持了下来。我想在全国各都市里，青岛是最干净的一个。“无风三尺土，有雨一街泥”的北平不能比。

青岛的天气属于大陆气候，但是有海湾的潮流调剂，四季的变化相当温和。称得上是“春有百花秋有月，夏有凉风冬有雪”的好地方。冬天也有过雪，但是很少见，屋里面无须生火，不会结冰。夏天的凉风习习，秋季的天高气爽，都是令人欢喜的，而春季的百花齐放，更是美不胜收。樱花我并不喜欢，虽然第一公园里整条街的两边都是樱花树，繁花如簇，一片花海，游人摩肩接踵，蜜蜂嗡嗡之声震耳，可是花没有香气，没有姿态。樱花是日本的国花，日本和我们有血海深仇，花树无辜，但是我不能不连带着对它有几分憎恶！我喜欢的是公园里培养的那一大片娇艳欲滴的西府海棠。杜甫诗里没有提起过它，但历代诗人词人歌咏赞叹它的却不在少数。上清宫的牡丹高与檐齐，别处没有见过，山野有此丽质，没有人嫌它有富贵气。

推开北窗，有一层层的青山在望。不远的一个小丘上有一座楼阁矗立，像堡垒似的，有俯瞰全市傲视群山之势，人称总督府，是从前德国总督的官邸，平民是不敢近的，青岛收回之后作为冠盖往来的饮宴之地，平民还是不能进去的（听说后来有时候也偶尔开放）。里面是什么样子我不知道，也不想知道。还有人说里面闹鬼。反正这座建筑物，尽管相当雄伟，却不给人以愉快的印象，因为它带给我们耻辱的回忆。

其实青岛本身没有高山峻岭，邻近的劳山，亦作崂山，又称牢山，却是峣峥巉岭，为海滨一大名胜，读《聊斋志异》中有崂山道士，早已心向往之，以为至少那是一些奇人异士栖息之所。由青岛驱车至九水，就是山麓，清流汩汩，到此尘虑全消。舍车扶策步行上山，仰视峰嶝，但见参嵯翳日，大块的青石陡峭如削，绝似山水画中之大斧劈的皴法，而且牛山濯濯，没有什么迎客松、五老松之类的点缀，所以显得十分荒野。有人说这样的名山却没有古迹岂不可惜，我说请看随便哪一块巍巍的巨岩不是大自然千百万年锤炼而成，怎能说没有古迹？几小时的登陟，到了黑龙潭观瀑亭，已经疲不能兴。其他胜境如清风岭碧落岩，则只好留俟异日。游山逛水，非徒乘兴，也须有济胜之具才成。

青岛之美不在山而在水。汇泉的海滩宽广而水浅，坡度缓，作为浴场是东亚第一。每当夏季，游客蜂拥而至，一个个一双双的玉体横陈，在阳光下干晒，晒得两面焦，扑通一声下水，冲凉了再晒。其中有佳丽，也有老丑。玩得最尽兴的莫过于夫妻俩携带着小儿女阖第光临。小孩子携带着小铲子、小耙子、小水桶，在沙滩上玩沙土，好像没个够。在这万头攒动的沙滩上玩腻了，缓步踱到水族馆，水族固有可观，更妙的是下面岩石缝里有潮水冲积的小水坑，其中小动物很多。如寄生蟹，英文叫 hermit crab，顶着螺蛳壳乱跑，煞是好玩。又如小型水母，像一把伞似的一张一阖，全身透明。孩子们利用他们的小工具可以罗掘一小桶，带回家去倒在玻璃缸里玩，比大人玩热带鱼还兴致高。如果还有余勇可贾，不妨到栈桥上走一遭。桥尽头处有一个八角亭，额曰“回澜阁”。在那里观壮阔之波澜，当大王之雄风，也是一大快事。

汇泉在冬天是被遗弃的，却也别有风致。在一个隆冬里，我有一回偕友在汇泉闲步，在沙滩上走着走着累了，便倒在沙上晒太阳，和风吹着我们的脸。整个沙滩属于我们，没有旁人，最后来了一个老人向我们兜售他举着的冰糖葫芦。我们在近处一家餐厅用膳，还喝了两杯古拉索（柑香酒）。尽一日欢，永不能忘。

汇泉冬夜涨潮时，潮水冲上沙滩又急遽地消退，轰隆呜咽，往复不已。我有一个朋友赁居汇泉尽头，出户不数步就是沙滩，夜闻涛声不能入眠，匆匆移去。我想他也许没有想到，那就是观音说教的海潮音，乃觌面失之。

说来惭愧，“饮食之人”无论到了什么地方总是不能忘情口腹之欲。青岛好吃的东西很多。牛肉很好，行销国内外。德国人弗劳塞尔在中山路开一餐馆，所制牛排我认为是国内第一。厚厚大大的一块牛排，煎得外焦里嫩，切开之后里面微有血丝。牛排上面覆以一枚嫩嫩的荷包蛋，外加几根炸番薯。这样的一份牛排，要两元钱，佐以生啤酒一大杯，依稀可以领略樊哙饮酒切肉之豪兴。内行人说，食牛肉要在星期三四，因为周末屠宰，牛肉筋脉尚生硬，冷藏数日则软硬恰到好处。弗劳塞尔店主善饮，我在一餐之间看他在酒桶之前走来走去，每经酒桶即取饮一杯，不下七八杯之数，无怪他大腹便便，如酒桶然。这是五十年前的旧话，如今这个餐馆原址闻已变成邮局，弗劳塞尔如果尚在人间，当在百龄以上。

青岛的海鲜也很齐备。像蚶、蛤、牡蛎、虾、蟹以及各种鱼类应有尽有。西施舌不但味鲜，名字也起得妙，不过一定要不惜工本，除去不大雅观的部分，专取其洁白细嫩的一块小肉，加以烹制，才无负于其美名，否则就近于唐突西施了。以清汤氽煮为上，不宜油煎爆炒。顺兴楼最善烹制此味，远在闽浙一带的餐馆之上。我曾在大雅沟菜市场以六元买得鲥鱼一尾，长二尺半有奇，小口细鳞，似才出水不久，归而斩成几段，阖家饱食数餐，其味之腴美，从未曾有。菜蔬方面隽品亦多。蒲菜是自古以来的美味，诗经所说“其蔌维何，维笋及蒲”，蒲的嫩芽极细致清脆。青岛的蒲菜好像特别粗壮，以做羹汤最为爽口。再就是附近潍县的大葱，粗壮如甘蔗，细嫩多汁。一日，有客从远道来，止于寒舍，唯索烙饼大葱，他非所欲。乃如命以大葱进，切成段段，如甘蔗状，堆满大大一盘。客食之尽，谓乃生平未有之满足。青岛一带的白菜远销上海，短粗肥壮而质地细嫩。一般人称之为山东白菜。古人所称道的“春韭秋菘”，菘就是这大白菜。白菜各地皆有，种类不一，以山东白菜为最佳。

青岛不产水果，但是山东半岛许多名产以青岛为集散地。例如莱阳梨。此梨产在莱阳的五龙河畔，因沙地肥沃，故品质特佳。外表不好看，皮又粗糙，但其细嫩酥脆甜而多浆，绝无渣滓，美得令人难以相信。大的每个重十台两以上。再如肥城桃，皮破则汁流，真正是所谓水蜜桃，海内无其匹，吃一个抵得半饱。今之人多喜怀乡，动辄曰吾乡之梨如何，吾乡之桃如何，其夸张心理可以理解。但如食之以莱阳梨、肥城桃，两相比较，恐将哑然失笑。其他如烟台之香蕉苹果、玫瑰葡萄，也是青岛市面上常见的上品。

一般山东人的特性是外表倔强豪迈，内心敦厚温和。宦场中人，大部分肉食者鄙，各地皆然，固无足论。观风问俗，宜对庶民着眼。青岛民风淳厚，每于细民中见之。我初到青岛，看到人力车夫从不计较车资，乘客下车一律付与一角，路程远则付两角，无争论者。这是全国所没有的现象。有人说这是德国人留下的无形的制度，无论如何，这种作风能维持很久便是难能可贵。青岛市面上绝少讨价还价的恶习。虽然小事一端，代表意义很大。无怪乎有人感叹，齐鲁本是圣人之邦，青岛焉能不绍其余绪？

我家里请了一位厨师老张，他是一位异人。他的手艺不错，蒸馒头、烧牛尾都很擅长。每晚膳事完毕，沐浴更衣外出，夜深始返。我看他面色苍白消瘦，疑其吸毒涉赌。我每日给他菜钱二元，有时候他只飨我以白菜豆腐之类，勉强可以果腹而已。我问他何以至此，他惨笑不答。过几天忽然大鱼大肉罗列满桌，俨若筵席，我又问其所以，他仍微笑不语。我懂了，一定是昨晚赌场大赢。几番盯问之后，他最后迸出这样的一句："这就是一点良心！"

我赁屋于鱼山路七号，房主王君乃铁路局职员，以其薄薪多年积蓄成此小筑。我于租满前三个月退租离去，仍依约付足全年租赁，王君坚不肯收，争执不已，声达户外。有人叹曰，“此君子国也”。

我在青岛居住四年，往事如烟。如今隔了半个世纪，人事全非，山川有异。悬想可以久居之地，乃成为缥缈之乡！噫！

华清池

读过白居易《长恨歌》的人，都知道我们有个华清池。“春寒赐浴华清池，温泉水滑洗凝脂……”纵不引发某些人想象中窥浴的念头，那旖旎的风光也足够很多人向往的。其实这个地方是以温泉闻名，在陕西临潼城南骊山东北麓。“骊山晚照”号称“关中八景”之一。杨贵妃在她专用的“芙蓉汤”洗过澡，与我们没有多大关系。作为古迹看，倒是值得注意的。

秦始皇自阿房宫修筑四十多公里的“阁道”通往这个离宫，离宫就是行宫，名为骊山汤，汤就是温泉。一代暴君当然不能不有豪华享受。汉武帝也不多让，大事扩建，王维所谓“汉王离宫接露台，秦川一半夕阳开”，说的就是这个地方。唐太宗派画家阎立德设计改建为温泉宫，唐玄宗更扩建为华清宫，为了杨贵妃一浴而特别地名闻于后世。其实这个地方并无名山大川，谈不上什么美景，只是有一个很好的温泉，历代帝王不惜劳民伤财大事修建作为私人休沐的别墅罢了。其规划建筑较之有清一代的避暑山庄和颐和园，恐怕差得远。

民国二十九年元月，道出西安，顺便到临潼看华清池，哪里还有什么宫殿楼阁，满目是西北特有的黄尘滚滚，虽已经过近人的修葺，也只是几幢不中不西的小小楼房，几座平平常常的亭台木桥而已。我一看非常失望。几株大柳树，枯枝飘拂在寒风里，景况十分凄凉。至于那温泉，却还是滚烫的，清澈的。想想多少风流人物尽成尘土，一股温泉仍然汩汩不绝地长流，不胜感慨。什么莲花池芙蓉池，谁会感兴趣？有一个公开的、民众可以享用的大浴池，竟是一个黑暗龌龊的大水坑，热气蒸腾，不值一顾。我对华清池的印象随着时光的流转也渐渐淡忘了。

不料今年三月底，报端出现“伊美黛的华清池”新闻一条，据云：“菲律宾总统府马拉坎南宫，上个月公诸大众，争先恐后拥入宫里的菲国民众，惊异地发现他们的第一夫人，竟然拥有一座镶着黄金水龙头的特大浴池。曾经有人好奇地跳进澡盆戏水，感受贵妃般生活的乐趣。”又说：“池边各项设备均为进口货。”附有彩色插图为证。暴发户的气味很浓，令人看了作三日呕。参观人中居然有人胃口那样好，肯跳进去戏水！华清池是我们几朝君王骄奢淫逸留下来的不朽的纪念物，一个举步维艰民生凋敝的国度也会有一个类似华清池的所在！

天下事往往无独有偶。一九八五年七月十七日巴黎《人民日报》海外版有“林彪行宫开放”一段新闻：“到杭州游览，乘车沿西湖往花港公园后边的山林深处驶去，可以到达一座掩映在万绿丛中的‘宫殿’。这是林彪在杭州的行宫，即著名的‘七〇四工程’。整个工程占地三百零七亩，建筑面积二万八千平方米，耗资三千万元，用钢材三千吨，木材八千立方米，水泥一万八千吨。一号主楼外观为中西结合式样。建筑分地上地下两部分。地上部分有一个小剧场、一个舞厅和数十个房间……地下部分，建筑面积为四千平方米，共有房间大小四十多间……这座行宫还没有竣工……‘四人帮’倒台后，这里成为浙江高级宾馆，完全对外开放。游人可买票进去参观，还可以到温水游泳池游泳……”不知这个游泳池比华清池如何？林彪何人，也有“行宫”？宫里也有温水游泳池？这段新闻注明是“摘自《成都晚报》”，想来不是捏造。水光潋滟山色空蒙之中平添这么一座行宫，是使湖光生色还是使山水蒙羞？

因华清池而说到今天类似华清池的构筑，又不禁想到范仲淹《岳阳楼记》所说：“先天下之忧而忧，后天下之乐而乐。”古仁人并不多觏，求之今世，难矣哉！

六朝如梦

——记六十年前的南京

江雨霏霏江草齐，六朝如梦鸟空啼。

无情最是台城柳，依旧烟笼十里堤。

这是唐末五代前蜀诗人韦庄的一首七言绝句《金陵图》，咏的是一幅图画，有怀古感慨之意。金陵自古帝王洲，明成祖迁都北京，金陵始有南京之名。虎踞龙盘，再加上六朝金粉，俨然江南文化重镇，历来文人雅士常有吟咏描述的篇章。韦庄的这一首是最著名的之一。

民国十五年秋，我在南京有半年的勾留，赁屋于东南大学大门对面的蓁巷。从海外归来，初到南京，好像有忽然置身于中古时代之感。以面积论，南京比北京大。从下关进入市内，唯一的交通工具是破旧的敞篷马车，路旁大部分是田畴草牧。南京的饮水要由挑夫或水车从下关取江水运到市内，江水是黄泥浆，家家都要备大水缸，用明矾澄清之后才能饮用。南京有电灯厂，电力不足，灯泡无光，只露丝丝红线，街灯形同虚设，人人须备手电筒。至于厕所，则侧列蹲坑，不备长筹，室有马桶，绝无香枣。每年至少产卵三次、每次至少产卵二百的臭虫，温热带地区无处无之，而“南京虫”之名独为天下所熟知，好像冤枉，不过亲自领教之后亦知其非浪得虚名。

因韦庄诗说起台城，我就先从台城说起。台城离我的学校和住处很近。一日午后课毕，偕友步行趋往。所谓台城，本是台省与宫殿所在之地的总称，其故址在鸡鸣山南干河沿北。今习称鸡鸣寺北与明城墙相接的一段为台城遗址，实乃附会。但是台城太有名了，相传梁武帝萧衍于侯景之乱饿死于此。也有人说梁武帝并非饿死，实因老病于战乱之中死去。所有这些历史上的事实，后人不暇深考，鸡鸣寺附近那一段城墙大家认为是台城，我们也就无妨从众了。那一段城墙有个颇为宽大而苔藓丛生的墁砖的斜坡，循坡而上，即至墙头。这地方的景观甚为开阔，王勃《梓州福会寺碑》所谓“右萦层雉，左控崇峦”庶几近之。不过到处都是败壁摧垣，有一片萧索寂寥之感。我去的那一天，正值初秋，清风飒至，振衣当之，殊觉快意。想起台城在六朝的故事，由梁武帝想到陈后主，也不知那景阳井（胭脂井）究竟在什么地方，只觉得一幕幕的历史悲剧曾在这一带扮演过，不禁兴起阵阵怀古的哀愁。这时节夕阳西下，猛听得远远传来军中喇叭的声音，益发凄凉，为主愀然，遂偕友携手踉跄而下。以后我们还去过许多次，凄迷的淑景至今不能忘。

南京有两个湖，一大一小。大的是玄武湖，小的是莫愁湖。玄武湖在南京城东北，周长约十五公里，面积约四平方公里半。其中有几个岛屿。本是历朝操练水兵和帝王游宴之所，后来废湖为田，又曾几度疏浚为湖，直到清末辟为公园，习称后湖。其间古迹不少，如东晋郭璞的坟墓等。萧统编《昭明文选》也是在这个地方。我曾去过后湖两次，匆匆不及深入观赏，只见到处是席棚茶座，扰攘不堪。莫愁湖小得多，在水西门外，周长仅约三点五公里。相传南齐时代，洛阳女子莫愁远嫁到此地的卢姓人家，夫君远征，抑郁寡欢，湖因此得名。此说似不可信，因六朝时此地尚属大江的区域，莫愁湖之名始见于北宋乐史《太平寰宇记》。湖虽小，但有一段不平凡的历史。传说明太祖朱洪武曾在这湖上和徐达下过一局棋，赌注就是莫愁湖，徐达赢了，莫愁湖就成了他的别墅。后来好事者在此建了一座楼，名“胜棋楼”。大门口还有一副对联：

粉黛江山留得半湖烟雨
王侯事业都如一局棋枰

倒也稳妥贴切，可惜那局棋谱没有留下，无由窥测徐达的黑子棋怎样在白子中间摆出了“万岁”二字。我去游赏过一次，湖山仍旧，只是枯荷败柳，一片荒凉。

莫愁湖一度号称“金陵第一名胜”，而我最欣赏的地方却是清凉山下的扫叶楼。扫叶楼是明末清初高人画士龚贤（半千）的隐居之地，在水西门外，毗近莫愁湖。驱车至清凉寺，拾级而升，数转即可登楼上。半千是昆山人，流寓金陵，结庐于清凉山下，葺“半亩园”，筑“扫叶楼”，莳花种竹，远离尘嚣，以卖书鬻画自给。从游者甚众，编《芥子园画传》之王概即出其门下。我游扫叶楼，偕往者胡梦华、卢冀野，二君皆已下世。犹忆在扫叶楼上论茗清谈，偷闲半日。俯视半亩园，局面甚小，而趣味不俗。明末清初，江南固多隐逸，“金陵八家”以半千为首。其画用笔厚重，用墨丰秾，与时下泼墨之风迥异。半千不独以书画胜，人品之高尤足令人起敬。壁间中央供扫叶僧画像一帧，惜余当时未加详察，今已不复记忆是半千自画像的原本，抑或是后人模拟之作。对半千其人，我至今怀有敬意，因而对扫叶楼印象亦特别深刻。

明初宫殿建筑几已完全毁于兵燹，唯孝陵木构殿堂之石基尚在，石碑翁仲以及神兽雕刻大体完好，具见其规模之宏大。陵前殿址有屋数楹，想系后人所筑，游客至此可以少憩。壁间悬朱元璋画像，不知何人手笔，獐头鼠目，长长的下巴，如猪拱嘴，望之不似人君。也有人说此像相当逼真，帝王之相固当有异常流。我对朱元璋个人的印象相当复杂，以一个平民出身的人而能克敌制胜位至九五，当然颇不简单，但其为人之猜忌残酷，亦历来所少有。他入葬孝陵，殉葬者有十余人，极人间之惨事。明清两代荒谬绝伦之文字狱，朱元璋实开其端。我凭吊其陵寝，很难对他下一单纯之论断。从陵门到孝陵殿基址，有一拱形墓门隧道直抵墓门，据专家言乃一伟大的建筑设计。

从明陵折返，途经一小博物馆，内中陈列若干古物之中有一块高与人齐的石头，上面血渍殷然，据云是方孝孺洒的血。我看了大为震撼。方孝孺一代大儒，因拒为明燕王棣篡位草诏而被判大逆，诛九族，方曰“诛十族亦无所惧”，于是于九族之外加上门生一族，八百七十余人死之！这是历史上专制帝王最不人道的暴行！这也是重义节的读书人为了正义而付出的最大的代价。我在小学读历史，老师讲起过诛十族的故事，即不胜其愤慨，如今看到这血渍石，焉得不为这惨痛的往事而神伤？

到了南京而不去秦淮河一游，好像是说不过去。东南大学外文系教授李辉光、畜牧系的教授罗清生，经常和我在一起游宴。有一天我提议去看看这“烟笼寒水月笼沙”的胜景，二公无兴趣，强而后可。在华灯初上的时候，我们到了河畔。哇！窄窄的一条小河，好像是一汪子死水，上面还泛着一些浮沤，两岸全是破敝的民房，河上泊着几只褪色的游艇。我们既来则安，勉强地冲着一只游艇走去，只见船舱中走出一位衣履不整的老妪，带着一位浓妆艳抹俗不可耐的村姑出来迎客。我们不知所措，狼狈而逃，恐怕真是赢得李太白诗中所谓“两岸拍手笑”了。未来之前不是没有心理准备。明知这条传说中“祖龙”开凿的河渠两岸有过多少风流韵事，都早已成为陈迹，不复存在，但是万没想到会堕落荒废到如此的地步。只能败人意，扫人兴，怎能勾起人一丝半点的思古之幽情？朱自清写过一篇《桨声灯影里的秦淮河》，为人传诵，他认为当时的秦淮河上的船依然“雅丽过于他处而又有奇异的吸引力”，我不能不惊服佩弦先生的胃口之强了。

金陵号称有四十八景，可观之地当然不只上述几处，我课余得闲游览所及如是而已。友辈往还，亦多乐事。张欣海、余上沅、陈登格和我，当时均无室家，如无其他应酬，每日晚餐辄相聚于成贤街一小餐馆。南京烹调并不独树一帜，江南风味，各地相差不多。我们每餐都很丰盛，月底结账，四人分摊，每人摊派三十余元，约合一般教授月薪六分之一。有一天，李辉光告我，北门桥有一西餐馆供应鹿肉，唯须预订，俟猎户上山有获，即通知赴宴。我为好奇，应允参加一份。不久，果然接到通知，欣然往。座客六七人。鹿唯两后腿可食。虽非珍馐，究属难得一尝的野味。其实以鹿肉供食，在我国古时是寻常事。《礼记·内则》：“春宜羔豚……夏宜腒鳙……秋宜犊麛……冬宜鲜羽……”麛，同麑，小鹿也。又提到鹿脯、麇脯、麋脯之类。可见食鹿肉并不稀奇。

罗清生最善拇战，划拳赌酒，多半胜券在握。我曾请教其术，据告并无秘诀，唯须默察对方出拳之路数，如能看出其中变化之格式，自然易于猜中，同时自己之路数亦宜多所变化，务使对方莫测高深。因思《孙子兵法·谋攻篇》所谓

“知彼知己，百战不殆”，大概即是这个道理。我聆教之后，数十年间以酒会友拳战南北几乎无往不利。

图书馆主任洪范五先生亦我酒友之一，拇战时声调高亢，有如铜锤花脸。其寝室内经常备有一整脸盆之茶叶蛋，微火慢煨，蛋香满室。不独先生有此偏嗜，客来必定飨蛋一枚。每蛋均写有号码，以志燉煮之先后。来客无不称美，主人引以为乐。

民国十六年春，革命军北伐，直薄南京，北军溃败，学校停课改组，我未获续聘，因而结束我在南京半载之盘桓。六十年前之南京，其风景人物，已经如梦，至若怀想六朝时代之金陵，真是梦中之梦了。

美国去来

一个走马看花的人没有资格写游记或是发表什么观感，何况我这一次到美国，来去匆匆，有甚于走马看花者。小学生到郊外踏青，归来之后奉老师之命一定要写一篇《远足记》。我未出国之前，编者先生就约定要我回来之后写一点东西，所以不得不妄谈所见，敷衍成篇，以免于交白卷。

三十几年前我到美国去过一次，去做学生，用的是美国退还的庚子赔款，当时虽然年纪小，心里还是老大地不是滋味。这一回旧地重游，心情当然不同。在美国，我们经常被人称为来自台湾的人，事实上我们是来自台湾，人家给我们的称呼没有错，也不一定是含有恶意，可是心里颇不好受。在自己家里，可以关起门来做皇帝，出去走走，便可以使自己的头脑清醒一下，认识一下自己的真正面目。在地图的比例上，把台湾画得再大一些，也没有什么用处。夜郎王问汉使："汉与我孰大？"传为笑柄。所不同者是我们本非夜郎，而有时竟比夜郎王更为可哂！让海外的冷风一吹，其不矍然以惊者几稀！

美国人的种族歧视是他们的最大的污点。从前我曾亲身领教过，至今不敢忘。这一次我发觉情形比从前进步很多。虽然小岩事件至今未决，虽然我们的总领事在漂亮的住宅区购买房屋而遭邻人反对，但一般的情形较比从前好些。至今是有知识的白人之能记起他们的立国理想者，为数渐多。由肤色而引起的差别和歧视，短期间是无法泯灭的，可喜的现象是有知识有教养的白人大概都肯谈这个问题，敢面对现实，愿意谋求补救之道。这就有希望。

美国的繁荣，尽人皆知，三十年来的进步，亦历历可数。最显而易见的是楼加高了，从前的摩天大厦比新茁生的建筑矮了半截。圆形的，八角形的，锥状的，喇叭状的，平顶的，波浪形屋檐的，玻璃墙壁的，形形色色的摩登建筑出人不意地显露在各种场合。马路加宽了，四线式的公路到处皆是，两层花瓣形的平交道使得车辆免于横冲直撞而各行其是，汽车多到无处停放的程度，到城区购物先要老远地就解决停车的问题，找到停车的地方要付费，逾时要罚钱。车的形状颜色争奇斗妍，有尾鳍翘得高高的，有做硬甲壳虫状的，有的大得像一节火车，有的小得只有三个轮子，翠绿的、酱紫的、枣红的、淡青的……一串串地在眼前穿梭似的驶过。热闹尽管热闹，但是有秩序。美国人的“开车的礼貌”是很值得欣赏的，红绿灯的管制固不必说，没有红绿灯的地方只稍竖起一面“停”的牌子，汽车便乖乖地停住，看清楚前后左右确是没有妨碍方才前进。车躲避行人，不是行人躲避车。美国的“市虎”好像是非常驯服的，不大吃人。此外如吃的、穿的、用的，到处都显示出富足、新颖、豪华，到处都有可供欣赏的橱窗。那“超级市场”是可爱的，里面干净、凉快、任凭取购，方便无比（扒窃之事偶然也有，但是不多）。

繁荣不是从天上掉下来的，也不是一两人领导起来的，是在一个环境里，一个传统中，一种风气下，大家辛苦努力获得的。要保持并发扬这种繁荣，需要继续辛苦努力。美国得天独厚，可是他们的辛苦努力，男男女女，上上下下，认真做事，也是很感动人的。美国的繁荣是普遍的，每一种享受差不多是被所有的人所有的家庭所分享，并没有一个显明的特权阶级骑在人民的脖子上养尊处优。一个人努一分力，便赚一分钱，便有一分享受。因此每个人都在忙，忙着赚钱，忙着享受。一个人的成功与否，以赚钱多寡为衡量的标准，有一栋漂亮的房子、一辆漂亮的汽车、一件漂亮的皮大衣，便是成功的标志。忙是美国人的特征，因为时间即是金钱，甚至可以说时间即是生命。美国人也知道他们的生活太紧张，所以“度周末”是他们生活中不可少的一个节目，不过从我们“闲磕牙”“摸八圈”“一局消永昼”的民族来看，他们的度周末也还是够紧张的。我在海滨闲步，看见一辆汽车载着一家人去野餐，小孩满地打滚、掷棒球，女人忙着做饭，男人手持一柄钢叉背着氧气筒扑通一声下海去捕鱼！夙兴夜寐，计较得失，如果与大自然完全绝缘，那种生活是太可怜了，美国人之喜爱旅行野餐，恰好多少补救了一星期孜孜为利的琐屑的生涯。

我们中国人对于勤俭起家的故事常常津津乐道。事实上美国人之在事业上成功而由于勤俭者亦颇不乏其例。但是就一般美国人讲，勤是公认的一项美德，俭则颇有问题。自奉而俭，在美国人看起来，好像是显得寒碜。“追求幸福”是美国独立宣言所标榜的一项生活目标。物质方面的享受是幸福的很大的一部分。享受要尽量地使之提前实现，苦痛要尽量地使之延缓，这是美国作风。所以，商业上的“分期付款制”乃应运而生。这种制度，不可小看它，实乃是美国生活方式的一大基石。分期付款即是欠账，美国人并不以欠账为可耻，只要他如期还账。在美国，几乎没有一样较为值钱的东西不可以分期付款。买飞机票出国旅行，亦可分二十个月付款，其他无论矣。收入较少的人，不必先行省吃俭用地苦苦积蓄，即可提前享受种种便利。当然，这种制度之普遍通行亦有其客观条件在，诸如社会安宁，币值稳定，相当高的国民道德水准等。

敏感的人看了美国的繁荣便不禁忆起古代的罗马。罗马鼎盛的时候，上层阶级真是席丰履厚，在历史上称之为骄奢淫逸，但是平心而论，尼罗皇帝才能举着啃嚼的鸡腿在美国是比较便宜的平民食物，罗马剧场中之风靡一时的赛车比起美国之足球、棒球比赛又当如何？罗马的公共浴池是出了名的，比起美国式的家庭浴室设备又如何？在奢侈上美国老早超过了罗马。罗马的繁荣经不起北方人的一击，如摧枯拉朽一般地衰亡了。美国的文明能持久吗？其将来将若何？有心人居安思危，不能不发出这样的疑问。据我看，美国和罗马颇有不同。罗马有显明的阶级存在，上层是贵族，下层是平民、奴隶，而美国是民主的，并无明显的阶级，更无贫富悬殊的现象。美国的生活方式是普遍的，是标准化的，一个家庭和另一个家庭差不多，一个城市和另一个城市也差不多。美国文明是平均发展的，所以比较健全。共产主义之所以不易在美国滋长者亦以此。据我看，美国之大患在于孤立主义，在地理上有两样使她天然地成为孤立，美国生活方式之美满成功使她在心理上沾沾自喜，唯恐或失，于是养成一种持盈保泰的孤立主义。虽然美国有许多人摒弃孤立主义，事实上孤立主义的幽灵始终在他们心里作祟。泛美主义、美洲门罗主义，都是孤立主义者把围墙往外伸展一步的表现，现在广建海外军事基地围堵共产世界依然是扩大的孤立主义的措施。在经济开发落后的地区给以援助使之发展起来，乃是缓不济急的，于是仍不得不乞灵于建筑围墙的老办法。殊不知围墙是要被人冲破的，防不胜防。伊拉克是一个漏洞，叙利亚是一个漏洞，古巴是一个更大的漏洞。美国之大患不在国内，而在国外。国外的大敌不消灭，美国没有安全可言。美国有强大的军力，庞大的经济力量，健全的社会组织，比罗马强得多，但是她是在等着挨打，等着被人破坏，等着被牵入战争旋涡后以核子武器而同归于尽！有钱的怕死，穿鞋的怕光脚的！奈何！奈何！

在美国草草巡游一番，感慨万千，一面惊叹其各方面之长足进展，一面又不禁为其前途深抱隐忧。但是最萦心的还是我们自己的祖国的前途。美国的休戚，与我们息息相关，可是我们自己的国家才是我们自己安身立命之处。于是摒挡行装，赶快回来。忆起昔人一首小诗：“花开蝶满枝，花谢蝶还稀。惟有旧巢燕，主人贫亦归。”

唐人自何处来

我二十二岁清华学校毕业，是年夏，全班数十同学搭杰克逊总统号由沪出发，于九月一日抵达美国西雅图。登陆后，暂息于青年会宿舍，一大部分人立即乘火车东行，只有极少数的同学留下另行候车。预备到科罗拉多泉的有王国华、赵敏恒、陈肇彰、盛斯民和我几个人。赵敏恒和我被派在一间寝室里休息。寝室里有一张大床，但是光溜溜的没有被褥，我们二人就在床上闷坐，离乡背井，心里很是酸楚。时已夜晚，寒气袭人。突然间孙清波冲入室内，大声地说："我方才到街上走了一趟，发现满街上全是黄发碧眼的人，没有一个黄脸的中国人了！"

赵敏恒听了之后，哀从中来，哇的一声大哭，趴在床上抽噎。孙清波回头就走。我看了赵敏恒哭的样子，也觉得有一股凄凉之感。二十几岁的人，不算是小孩子，但是初到异乡异地，那份感受是够刺激的。午夜过后，有人喊我们出发去搭火车，在车站看见黑人车侍提着煤油灯摇摇晃晃地喊着：“全都上车啊！全都上车啊！”

车过夏延，那是怀俄明州的都会，四通八达，算是一大站。从此换车南下便直达丹佛和科罗拉多泉了。我们在国内受到过警告，在美国火车上不可到餐车上用膳，因为价钱很贵，动辄数元，最好是沿站购买零食或下车小吃。在夏延要停留很久，我们就相偕下车，遥见小馆便去推门而入。我们选了一个桌子坐下，侍者送过菜单，我们拣价廉的菜色各自点了一份。在等饭的时候，偷眼看过去，见柜台后面坐着一位老者，黄脸黑发，像是中国人，又像是日本人。他不理我们，我们也不理他。

我们刚吃过了饭，那位老者踱过来了。他从耳朵上取下半截长的一支铅笔，在一张报纸的边上写道：“唐人自何处来？”

果然，他是中国人，而且他也看出我们是中国人。他一定是广东台山来的老华侨。显然他不会说国语，大概是也不肯说英语，所以开始和我们笔谈。

我接过了铅笔，写道：“自中国来。”

他的眼睛瞪大了，而且脸上泛起一丝笑容。他继续写道：“来此何为？”

我写道：“读书。”

这下子，他眼睛瞪得更大了，他收敛起笑容，严肃地向我们跷起了他的大拇指，然后他又踱回到柜台后面他的座位上。

我们到柜台边去付账。他摇摇头、摆摆手，好像是不肯收费，他说了一句话好像是：“统统是唐人呀！”

我们称谢之后刚要出门，他又喂喂地把我们喊住，从柜台下面拿出一把雪茄烟，送我们每人一支。

我回到车上，点燃了那支雪茄。在吞烟吐雾之中，我心里纳闷，这位老者为什么不收餐费？为什么奉送雪茄？大概他在夏延开个小餐馆，很久没看到中国人，很久没看到一群中国青年，更很久没看到来读书的中国青年人了。我们的出现点燃了他的同胞之爱。事隔数十年，我仍旧不能忘记和我们做简短笔谈的那位唐人。

火山！火山！

美国的火山不多，不过离西海岸不远有一条山脉，由加拿大哥伦比亚境内向南延伸，直到加州境，蜿蜒约七百里，是为加斯凯山脉，其中有一个山峰名圣海伦斯，位于华盛顿州南部，邻近奥瑞冈州，却是一座时醒时睡的火山。圣海伦斯并不太高，只有九千六百七十七尺，比起和它并峙的更为有名的瑞尼尔山之一万四千四百一十尺，要矮很大一截。圣海伦斯外表很好看，有火山之标准的圆锥体形，而且光光溜溜的。山上有长年不化的积雪，山坡上有茂密的森林，山脚下有滢澈的湖沼河流，其间也有拦水的堤坝若干座。这火山是活火山，但是最近一百二十三年之中一直在睡，有时候伸伸胳膊伸伸腿，呻吟几声，不曾大翻身，不曾大吼叫，不曾滋生事端。因为它乖，所以附近居民对它无所恐惧，彼此相安无事。春夏之交，天气晴朗，喜欢滑雪的，喜欢爬山的，喜欢露营的，从四面八方赶来享受大自然的乐趣。

但是从今年三月二十日起情形有点不对了。下午三时四十八分发生地震，四点一级，此后三天地震继续增强到四点四级，有山崩的现象。科学家认为有爆发的可能，不过不敢确定，因为火山和人一样，每座火山也有它的个性，没人敢说圣海伦斯内心在打什么主意。为了安全，森林管理局撤退了山区工作人员。三月二十六日，联邦政府、州政府及地方官集会商讨应变之策，决定封闭通往鬼湖的五〇四号州公路。三月二十七日午间山上发生巨响，有一股浓黑的水汽和灰尘喷出，高达山巅以上七千尺的高空。地震高至四点五级。烟尘散后从飞机上可以窥见山巅上出现了一个新的火山口，直径二百到二百五十尺，深约一百五十尺。火山醒了！

以后数日，天天有地震，天天有烟尘喷射，表示有熔岩在火山腹内澎湃。这是火山大爆发的前奏。观光游客突然增加，谁都想要看看这自然奇景。四月三日州长狄克西李瑞女士派出约六十名国民兵拦阻观光客进入危险地区。这时候火山口已经扩大到直径一千七百尺，深八百五十尺。平均每日地震三十三次，最严重的是山巅的北面凸出了约三百二十尺，这说明地下熔岩激荡，有随时大爆发的可能。如果爆发，首当其冲的当是鬼湖及五〇四公路。到了五月九日，有五级地震，地质观察人员奉命从四千三百尺高处的营地撤退。

有一个八十三岁的老人哈利·杜鲁门，他是当地唯一的长久居留的人，他坚决不肯离开他的“鬼湖小屋”。小屋是他亲手盖起来的，一椽一木都是他自己劈的锯的，而且他居住了五十四年之久。小屋距离山顶约有七里，占地却有四十亩之广。斯卡曼尼亚郡的警长毕尔·克劳斯纳在五月十七日，即事发之前一日警告他必须撤离，他曾对一个记者说："如果山没有了，我要与之同归于尽。我要留在这里，并且正告它：'你这个老杂种，我已挣扎了五十四年，还要再挣扎五十四年。'"他养了十六只猫，拥有自己的一个天地。他不是不知道处境的危险，他有一个陈旧的矿穴可以藏身，准备事急的时候携带一瓶威斯忌酒去躲避一下，可是他没有想到那矿穴离他住处有一两里路，烟泥沙石猛然泛滥之际他无法能逃，何况他又跑不快。所以事后直升机前去察视，只见鬼湖小屋一带整个地埋在三十尺深的泥灰之中，哈利·杜鲁门无影无踪地消失了。他有一位六十八岁的朋友荷尔斯幸免于难，他说："我高兴得要命，我居然活着看到了，可是我很为罹难的人难过。"

大爆发是在五月十八日上午八时三十二分十秒。山顶北坡之凸出处突然崩裂，轰然一声，像原子弹爆发后的蕈状浓烟直射天空，约有六万三千尺高，山巅约有一千二百尺的尖端一下子完全被炸掉了，圣海伦斯顿时矮了一大截，没有熔岩流出，流出的是滚烫的泥浆，顺着山坡往下流，流向鬼湖。碎石自天降落，远及于瑞尼尔山，然后变成大股的灰沙落在雅奇玛，变成微尘洒落在斯波肯，然后由风吹送大片的灰尘飘过蒙大拿州，覆盖了黄石公园，进入了怀俄明州，直趋美国东部，全国境内完全未被波及的仅有十一二州。圣海伦斯的灾害，和公元七十九年意大利威苏威火山爆发不同，因为圣海伦斯没有熔岩溢出，喷的只是沙石，羼上融雪而成为泥浆。而且山上居民很少，故生命损失不太大，截至最近报告，确定失踪的有五十八人，由直升机查获的尸体有二十二具。其中有一具是摄影记者，他尚端坐在汽车驾驶座上，显然是被灼死或窒息而死，灰尘堆到了车子的窗口。如果能把他的照相机取出，其中必有珍贵的底片。

灰尘降落其灾害之大是一般人难以想象的。一个人从灾区附近开车走过，忽见天边黑暗下来，远远的彤云密布，还有电闪，以为是山雨欲来，随后听见车顶上砰砰响，以为是雨打车篷。猛然间挡风玻璃模糊了，能见度几乎等于零，伸手车外才知道不是下雨，是漫天洒落沙石。他算是幸运的，向前疾驶，脱离了险境。其他在危险区内活动的人就活活地被热达摄氏八百度的泥浆、灰尘、气体，给灼死、呛死、窒死、烫死，埋在几尺以至几十尺的泥尘之下了。

热气、热尘把数以千亩计的森林完全铲平，好多大树连根拔起，直而长的杉木一根根躺下，没有一片树叶存留，光秃秃的像是无数根火柴横七竖八地平铺着。有些木头顺着河流冲走，壅塞在桥边或是水湾之内。据估计，木材一项的损失约在五亿美元之数。野生动物也遭一大劫，据林管局的估计，死难者有两千只黑尾鹿，三百只麋鹿，二十只黑熊，十二只山羊。这个时候正是鲑鱼、鳟鱼从海里溯河而上前来产卵的季节，尽管有人说这些鱼十分聪明，发现情形不对便掉头而去寻求较安全的地方，据估计被水烫死的、被灰尘噎死的仍然不在少数，损失当在二百五十万元以上。有些鱼从水中跳到岸上，还是不免于死。物资的损失无法估计，单是清洗路面恢复交通一项就要两亿元。总统卡特前来巡视的时候，州长狄克西李瑞向他说："华盛顿州现在需要联邦政府帮助的是钱、钱、钱！"事实上，人力也很需要，州长曾下令动员民兵四千余人，在公路上协助铲灰，像铲雪似的。报纸上居然还有人批评，说民兵只能在保卫治安的时候使用，不该叫他们做这种劳动的工作！据估计洗刷各地路面及公共设施要用两亿元以上的经费。

灰尘对农产的影响难于估计。我们知道雅奇玛一带是著名的水果产区。该区苹果产量占全国四分之一以上，灰尘落在苹果树上为害不小，果农要用喷杀虫剂的方法喷水上去冲洗，这工程之巨可以想见。樱桃正在开始收成，自然也成了大问题。有人刊登广告说今年水果经火山尘的培养特别硕大可口，这当然是瞎扯。据农业家说，火山尘大部分为矽，即细碎的玻璃，加上其他矿质，纵无大害，绝无益处。希望有大雨冲洗，若是小雨则火山灰成为稀泥，在树上和在地上均属不利。灰尘的酸性成分为四点七。事实上爆发后连日小雨连绵。

我于五月二十四日抵达西雅图，是日圣海伦斯火山发生第二度爆发，这次刮的是东南风，往西北吹，灰尘擦着西雅

去冬約見面今年暮春時
丁酉老村

图的边缘飘向奥仑比亚半岛，塔科玛飞机场都受到了影响，有人脑筋动得快，收集火山尘，装进儿童玩具的沙漏之中，当作纪念品出售，看那灰黑色的细沙也颇有异趣。我没有机会到现场巡礼，可是那石破天惊的恐怖情形，可以在想象中得之。卡特总统说：“看了这里的样子，月亮像是高尔夫球场。”我从前看过一部影片《庞贝之末日》，遂鼓起兴趣读伯华·李顿的小说原著，对于火山爆发有了一点初步认识，没有想到居然能在报章刊物读到火山爆发的报道。火山研究是一门专门的学问，火山学家和别的专家不同，他不可能有实验室，火山本身就是他的实验室。为了研究，他会觉得火山爆发的次数愈多愈好，虽然他并不是幸灾乐祸。

大块文章，忽然也会变成人间地狱！灾异不祥，未必就是上天示儆，但于“天地不仁，以万物为刍狗”，却庶几近之。

尼亚加拉瀑布

尼亚加拉瀑布是我的旧游之地，那是在一九二四年夏，同游者闻一多早已下世。瀑布风光常在我想象之中。美国人称尼亚加拉瀑布为“度蜜月者的天堂”。度蜜月者最理想的地方应该是一个山明水秀而又远离尘嚣的地方。像尼亚加拉瀑布游人如蚁昼夜喧豗的地方，如何能让一对度蜜月者充分地全神贯注地彼此互相享受呢？这也许是西方人的看法，而度蜜月本是西方的产物。不过瀑布本身确是十分动人的。我们到水牛城，立即驰往尼亚加拉瀑布（市镇名），傍晚在一家汽车旅馆住下。我上次来，一下火车站就听到隔壁澎湃的声音，如今旧地重游，夜阑人静，一点声音也听不到，是瀑布上的槛岩年年崩落减小了水势，还是我的耳朵渐聋以至于充耳不闻？任何名胜，游览一次有一次的情趣，再游便另是一种风光。

翌晨，旅馆特备小型游览汽车专为我们使用一天，导游兼任司机，取费甚廉，仅八元。这位蓄小胡子的导游可是一个人才，不但口若悬河，一路没有停嘴，而且下车之后他倒退着走路，面对着我们指手画脚地不惮其烦地详为解说一切，走到山羊岛上的时候，我生怕他一不当心仰跌到急湍里去。山羊岛上曲折有致，忽然看到树丛里有野兔出没，君达、君迈乐不可支，和野兔追逐起来。据导游说，兔子是买来放在这里的，借以增加野趣，就像城市公园草地上的鸽子、松鼠一样供人观赏。随后我们就驱车过桥，进入加拿大境内，观看美国瀑的正面，同时观看加拿大境内的更壮观的马蹄瀑。观瀑一定要到加拿大才能看得一清二楚。这里有一座比较高的瞭望塔，塔的正面悬一巨像，乃是加拿大著名的骑警队员的画像，在这观光胜地悬挂警察画像用意何在殊难索解。塔的形状颇似西雅图的太空针，而高度不及。我们买票登塔，遥望两个瀑布有如湍濑。看完瀑布区便乘车沿尼亚加拉河东行，参观了一所公园，还有一所规模相当大的园艺学院，都宽阔整洁。而隔河看美国的一边，则只见烟囱林立，黑烟漫空，凌乱的棚舍逸通数十里，丑恶之态使这名胜之地蒙羞。从前英国工业化之后罗斯金（Ruskin）为保存风景曾呼吁开筑铁路要审慎处理，实在不无见地。工业区的建立与风景区的保存是可以并行不悖的。

我们匆匆走玩一天，兴尽而返，而导游仍然兴致勃勃，絮垢不休。士耀在车里抬头一看，见一告白："君如认此导游之服务为不能令人满意，则可不必惠给小费。"我们相顾而笑。下车时士耀付小费五元，导游雀跃而去。

回到旅舍，我们觉得瀑布还值得再看一次，决定明天搬到加境的一家旅馆再住一夜。这一天没有导游聒噪，反倒觉得自由了。最有趣的是坐缆车下峡谷，乘“雾中女郎”号汽船驶近马蹄瀑。每个游客都穿上长长厚厚的雨衣，罩上雨帽，等汽艇逼近瀑布的时候，但听得隆隆水响，继而滂濞沆溉，大水自上崩注而下，有电鹜雷骇之势。俄而大风起处，雾雨咸集，每个人都兜头灌顶，浑身尽湿。入夜，瀑布下彩色电灯放出强光，照得五颜六色，有人认为绚烂壮丽，其实恶俗不堪。这也许是我们看惯了水墨山水画，一着色反觉不雅。

尼亚加拉瀑布实在不高，马蹄瀑只有一百五十八英尺高，两千九百五十英尺阔，美国瀑一百六十七英尺高，约一千四百英尺阔。阔得可观，高则不足道。但是每分钟有五十万吨水倾注而下，不能不算是一大奇观。飞瀑流泉，世界上何处无之？但以言声势之壮，则无出此右者。

拔卓特花园

国外游历，要看名山大川，但有时看看庭园花木也别有情趣，会心不必在远。加拿大的拔卓特花园（The Butchart Gardens）便不失为一个引人入胜的地方。

这花园是在加拿大的维多利亚城郊外，城在加拿大西岸的温哥华岛的南端，和美国的西雅图隔一海峡，一衣带水，来往甚便。我一家六口，祖孙三代，乘旅行车清晨由西雅图出发，连车带人搭轮渡过普杰海湾，直趋安哲利斯海港。途中在一小肆买煮熟的海蟹两只，非常硕大。在安哲利斯海港候轮渡时，就在路边取出自备冷餐进午饭。两只海蟹，六人分食，大膏馋吻，但是美国的蟹都是尖脐的，团脐的禁止捞食，无所谓七尖八团之说，而且细品其味，和我们故乡吃高粱稻米长大的河蟹大相径庭，“右手持酒杯，左手持蟹螯，拍浮酒船中”的风味当然更谈不到。我们食毕，轮渡正好开来，又连人带车地上去。海行约一小时，风飘飘而吹衣，为之目旷神怡。到维多利亚，入境手续很简单，有美国侨民身份的只消一句话，什么手续也没有，我是观光客，被请到屋里验护照，问我打算住多久，砰一声橡皮图章敲上去，再饶一句："希望你玩得高兴！"前后不到两分钟。

维多利亚城只有一百多年的历史，是观光胜地，水上陆上游艺场所很多，给人印象最深的是拔卓特花园。这花园在白昼和夜晚景色不同，我们为节省时间起见，尽量在其他各处游玩，等到日薄崦嵫的时候才赶到花园去，以便和夜游相衔接。花园门口售票，收取少许费用。有八种语言的说明书备客取阅，中文、英文、法文、德文、意大利文、日文、西班牙文、乌克兰与俄文，这表示世界各地的游客之众多。中文的小册显然是我们当地侨胞的手笔，虽然文字相当生硬，间有不妥的字句，但是我们特感亲切，因为这充分表明我们的侨胞虽然所受教育有限，而在国外艰苦卓绝地努力奋斗，一面在事业上有所建树，一面还能在那环境里保存我们自己的语言文字。对这一篇不大出色的中文说明书的执笔者，我们应有相当的敬意。原文照录如下：

域多利

拔卓特花园

小册子

拔卓特花园位在度湾，距域埠十三里，是拔卓特先生在他一百三十英亩的产业上，开辟这占有面积二十五英亩的土地，为西北太平洋的游乐场所。

该花园系拔卓特在他的旧石矿场原址创设的。他为在加之美国泼伦红毛泥业的始创人，自行在附近地方设立红毛泥厂，自任总经理。后来，拔卓特夫人兴之所至，将该荒地悉心经营，在住屋周围种植花卉，以点缀居住美丽的环境，日将月就，遂蔚然而成世界著名的风景区，每年吸引游客到此参观者不少。

日间的游览　由此开始

我们向上行，经过绿草和水池，一方古木参天，一方夏天盛开的红玫瑰，环绕石柱盘旋向上，郁金香、紫罗兰春光灿烂，古式小屋一幢，隐在背后，其中花草的培植、布置方法，可称西北太平洋著名的地方。

转左行，许多春夏花草，馥郁缤纷，尤以秋海棠出类拔萃，更加优美；转右行，则是新境花园，石级栏杆，均以红毛泥制成。园中亦有许多东西，是用红毛泥制的，看来像用木头制成的。该花园有一高墙，长约五十尺，青藤蔓生，像一幅天鹅绒帐幕，下面芳径纵横，并有各种著名化石，筑成小壁，花卉混合，繁植其中。万紫千红翠绿，十分好看。冬天的雪盖满石上，显出了苍劲老气，夏天被大量的红玫瑰拥簇，又是一番新生景致。

远望前头，昔日开采石灰石用以制红毛泥的残迹，尚属存在。该部分广植蔷薇、日本樱花。通过小径，柳暗花明又一村，在石边有大石岛，坐落在人工艺术湖沼的中央，环湖路铺以石灰石，湖深五十尺，湖边遍植樱花、葡萄和日本枫树，左边有小瀑布由石矿场流下，水花飞舞，直注于湖中，昼夜不停，又有小树林，为拔卓特夫人四十年前所手植者。

湖边绿草如茵，花卉畅茂，垂杨婀娜，又是一片景色。

一九六四年，拔卓特花园举行六十周年纪念，建设一喷水池，今已完成。七彩水花可射上高空达七十尺，蔚为奇观。有高桥流水，春夏种植各种名花异卉，点缀得更臻优美。

现有两条路线选择：一是前往音乐会堂；另一条是从鲁登树林到此公园，通过短径，到达玫瑰花园，四周环以草茵和绿树，缓步其中，殊觉有异趣。

伫立闸门，蛙式喷水池即在眼前，系意大利艺术雕砌，再越过草场，登上另一草场，则有一幢住居大厦，玫瑰园每当七月间，玫瑰花盛开，不独在玫瑰花园，即拔卓特整个花园，各处都一样遍植玫瑰，可比国色天香，最为特色。

通过玫瑰花径，出现有英国薄荷，奇香扑鼻。我们跨过较高一级草茵，又到日本花园入门处，即转向左，就是著名的西藏蓝罂粟。拔卓特夫人是北美少有获得这么多花草之一人。后来有位巴来船长曾亲自到此介绍这些植物移种于英伦。日本枫树、松杉之属，环着小瀑布。又下一级，有流水小桥、小池，环植杨柳，随风飞舞，令人陶醉，有各种日本花草绿竹，涌现在目前，中置避暑小屋，这强调显露出是日本花园。穿过树林，可通往遍植过坛龙和百合花小谷，行出这树林，就是布连屈湾，在这里可望见一片汪洋，闪闪耀眼，气象万千了。

又由日本花园步落低草场，亦是玫瑰盛开，转下一步，则是星池，有喷水居中，由此又转入意大利花园，古木参天，都是柏树，有马古里像，系佛劳连廷标准的精巧艺术。在东边，则为住宅区，其中有一部分是掷木球场，适合老少玩乐，在西边则为玫瑰堤，衬以绿草及青藤。

意大利公园中央有一百合花水池，池中有喷水塔，小鱼游来游去，环以百合花造成的花边，春天遍植郁金香等，夏天又种云苔。

通过隧道又到一大玻璃屋，内中种着各种花草，至夏天时，万千花开，最为伟观。附近有咖啡馆和苗圃。当我们离花园而将到出口时，即看见这苗圃，面积四亩半，各种花草种子及幼苗，均在这里培植的。

这拔卓特花园周年开放，供人游览，同时保存创办人个人的事业，以留后世。该花园对于花草的培植和颜色的布置，确有其独到的地方。园中一切花草树木，亦常常种植新颖者，正所谓日新月异。花园面积如此广阔，而一年四季，都保持着美妙的容颜，因为是私家的花园，是拔卓特家所有，如今拔卓特夫妇已去世，交由他们的孙儿罗斯先生代为继续经营。

夜间灯光景色：一九五三年起，特别装置彩色灯光，点缀花园景色，更为别致美观，有如天上星光闪烁，成为北美夜景之中最伟大壮观的一处，每当夏日黄昏，千百灯光，隐约于千红万绿中，令人迷目。

如果欲在夜间游览该花园，请最好能依照小册子所指示之路线前进，就能随意享受这园中一切景物了。不要急迫，等候灯光开着才可前行。

夜间游览　由此开始

夜间游览，是由入门处沿着左边路径前行，经过苗圃植物室，一路红绿灯光直至著名的新景花园。四周一望，万虑皆空。继续前行，沿途有各种不同的灯火。至一湖沼，有喷水池；复造成一弧形水彩虹，像海市蜃楼。离此沿着红毛泥路至玫瑰花园，越过日本花园，在此流连后又转而至意大利花园，由此复出，也即是先前的入口处了。

我们相信，无论晴天、雨时、雪日，你们都是欢喜游览的，希望仕女诸君，尽情享乐，如果未能早日有机会游览这有五十年以上历史的著名花园，请随时争取机会驾临观光。

这说明书有再加说明的必要。这花园原是一位水泥（所谓“红毛泥”）业者的私产，石灰石挖光了，水泥厂只好停工，而山腰上已挖得乱七八糟，东一道沟西一个窟窿，面目全非。老板娘必是一位有风趣的人，她要美化环境，硬要把报废的水泥厂和石坑变成为一所美丽的花园。这一点心愿就值得赞扬。不要说他们多财善贾还要在脑满肠肥之后附庸风雅，他们挖空一座山腰之后未曾不可扬长而去，另挖别处的一座山腰。工业糟蹋了自然风景，再分出一部分利润来在原处建造花园供后人游览，将功折罪，我们不可再苛求了。

所谓“新境花园”，是 Sunken Garden 翻译，宜译意不宜译音，是“下陷花园”之意。这是整个花园之最精彩的所在。行入林中，曲径通幽，忽豁然开朗，面临深谷，可拾级而下，遥望谷中芳草鲜美，百卉杂陈，令人惊奇不已。这不是天然形势，这是大石坑的改造。我们听说过古代世界七大奇观之一的“悬空花园”，在巴比伦，公元前六世纪时所造，不过是几层类似梯田的高大建筑物而已。下陷花园正和悬空花园相反，一个向上发展，一个向下发展。居高临下，俯瞰园景，不能不算是一大奇观。可惜的是远远地迎面矗立着一根大烟囱，是水泥厂的唯一遗留物，主人舍不得拆除它，却破坏了整个的气氛，像是孙悟空变作一座小庙，后面翘着一根充作旗杆的尾巴！

西洋花园少不了大片的草地，东一块西一块的像是绿茸茸的毯子，这是最大特色之一。草地是经过栽植、施肥、修剪、灌溉的，和我们的“草色入帘青”的乱草不同。草地永远是齐齐整整的，像新理过发的平头。另一特色是把每一种花卉大量集中在一处，东边一片姹紫，西边一片嫣红，团团簇簇，以多为胜，不容你一株一株地欣赏，一枝一枝地把玩。至于把一些灌木之类的东西修剪得像是一堵墙，或圆球，或方锥，或像是一只鸟，形形色色，不一而足，是西洋园林中习见之物。水池喷泉尤不可或缺，其式样更是变化多端。总之是人工的气味浓厚。照基督教的说法，上帝创造人类之前，先创造了一所花园伊甸，想那花园必定不是这个模样。

我们来此观赏的时候，正是球茎秋海棠（begonia）盛开的季节。这种海棠不是鲁迅所艳羡的“吐两口血扶着丫鬟到阶前看秋海棠”的那个品种的秋海棠，这个品种在国内好像还没有见过，有相当大的球茎，花有各种颜色，大如牡丹、芍药，叶如翠羽，栽在盆里，也可以连盆吊挂起来，花朵簇簇下垂，远远望去，灿烂若抱锦。这花园里就有一个水泥构筑的棚架，悬挂着百数十盆秋海棠，蔚成一片花海，真是洋洋大观，令人花下忘归。

拔卓特花园里面又有日本花园、意大利花园各一处，我认为虽具巧思，却嫌庸俗。大花园里可以包含景色不同的小花园，于均衡对称之中力求变化，例如圆明园里也有西洋楼，颐和园里也有谐趣园，但是必须有宽敞的地址，不能过分拥挤。这里的日本花园把所有的东洋景色一味缩小充塞在一小块地上，犹如假山盆景，显得小家子气。意大利花园也是一样，有水池、有雕像、有格子棚凉亭荫道，具体而言，就是没有开朗没有肃穆的气象。设计的人想玩噱头，反成败笔。拔卓特花园规模还不够大，应以下陷花园为中心，此外各处多莳应时花卉，多建各式花棚花坛，也就够了，不必再求别的出奇制胜的点缀。

园内餐厅容量太小，顾客登记领牌，一小时后方有入席希望，我们实在无此耐心，就在附近小店买些食物充饥。加拿大的白昼特长，一直到夜晚十点天还黑不下来。我们在露天音乐台听唱歌，时在盛暑，凉意袭人。到十时半开始夜游。有两个可看的地方，一是下陷花园，在若干盏彩色的强力反光灯照耀之下，日本枫树格外的红，松杉格外的绿，有些像是一幅庞大的舞台布景。另一地方是有彩色灯光的喷水池，喷射的水流有变化，彩色亦有变化，周而复始轮流变化，变幻出好几种花样，规模相当大，颇有可观。我忽地联想起：当年我们的圆明园里蒋友仁督建的“大水法”，不知有没有这样的动人？

夜色渐深，露凉如水，我们匆匆离去。

翌日，在维多利亚城小游半日，无可记者。午后搭另一轮渡自此直驶西雅图，途经无数岛屿，都葱茏可喜。

手 杖

古希腊底比斯有一个女首狮身的怪物，拦阻过路行人说谜语，猜不出的便要被吃掉，谜语是："什么东西走路早晨用四条腿，中午用两条腿，傍晚用三条腿，走路时腿越多越软弱？"古希腊的人好像是都不善猜谜，要等到俄狄浦斯才揭开谜底，使得那怪物自杀而死。谜底是："人。"婴儿满地爬，用四条腿；长大成人两腿竖立；等到年老杖而能行，岂不是三条腿了吗？一根杖是老年人的标记。

杖这种东西，我们古已有之。《礼记·王制》："五十杖于家，六十杖于乡，七十杖于国，八十杖于朝，九十者，天子欲有问焉，则就其室，以珍从。"古人五十始衰，所以到了五十才可以用杖，未五十者不得执也，我看见过不止一位老者，经常佝偻着身子，鞠躬如也，真像一个疑问符号（？）的样子，若不是手里拄着一根杖，必定会失去重心。

杖用来扶衰济弱，但是也成了风雅的一种装饰品，"孔子蚤作，负手曳杖，逍遥于门”，《礼记·檀弓》明明有此记载，手负在背后，杖拖在地上，显然这杖没有发生扶衰济弱的作用，但是把逍遥的神情烘托得跃然纸上。我们中国的山水画可以空山不见人，如果有人，多半也是扶着一根拐杖的老者，或是彳亍道上，或是伫立看山，若没有那一根杖便无法形容其老，人不老，山水都要减色。杜甫诗：“年过半百不称意，明日看云还杖藜。”这位杜陵野老满腹牢骚，准备明天上山看云的时候也没有忘记带一根藜杖。豁达恣放的阮修就更不必说，他把钱挂在杖头上到酒店去酣饮，那杖的用途更是推而广之的了。

从前的杖，无分中外，都是一人来高。我们中国的所谓“拐杖”，杖首如羊角，所以亦称丫杖，手扶的时候只能握在杖的中上部分。就是乞食僧所用“振时作锡锡声”的所谓“锡杖”也是如此。从前欧洲人到耶路撒冷去拜谒圣地的香客，少不得一顶海扇壳帽，一根拐杖，那杖也是很长的。我们现在所见的手杖，短短一橛，走起路来可以夹在腋下，可以在半空中画圆圈，可以嘀嘀嘟嘟地点地作响，也可以把杖的弯颈挂在臂上，这乃是近代西洋产品，初入中土的时候，无以名之，名之为“斯提克”。斯提克并不及拐杖之雅，不过西装革履也只好配以斯提克。

杖以竹制为上品，戴凯之《竹谱》云：“竹之堪杖，莫尚于筇，磥砢不凡，状若人功。”筇杖不必一定要是四川出品，凡是坚实直挺而色泽滑润者皆是上选。陶渊明《归去来辞》

所谓“策扶老以流憩”，“扶老”即是筇杖的别称。筇杖妙在微有弹性，扶上去颤巍巍的，好像是扶在小丫鬟的肩膀上。重量轻当然也是优点。葛藤做杖亦佳，也是基于同样的理由。阿里山的桧木心所制杖，疙瘩噜苏的样子并不难看，只是拿在手里轻飘飘，碰在地上声音太脆。其他木制的、铁制的都难有令人满意的。而最恶劣的莫过于油漆贼亮，甚至于嵌上螺钿，斑斓耀目。

我爱手杖。我才三十岁的时候，初到青岛，朋友们都是人手一杖，我亦见猎心喜。出门上下山坡，扶杖别有风趣，久之养成习惯，一起身便不能忘记手杖。行险路时要用它，打狗也要用它。一根手杖无论多么敝旧亦不忍轻易弃置，而且我也从不羡慕别人的手杖。如今，我已经过了杖乡之年，一杖一钵，正堪效法孔子之逍遥于门。《武王杖铭》曰：“恶乎危于忿疐，恶乎失道于嗜欲，恶乎相忘于富贵！”我不需要这样的铭，我的杖上只沾有路上的尘土和草叶上的露珠。

福特故居

我们从加拿大的安大略省驱车西南行，用了一整天的工夫，再抵美加边界，傍晚进入美国密歇根州的底特律。这是一个一百六十几万人口的大城市，事实上是完全在福特公司的庞大势力笼罩之下，这里的人或机构好像没有一个不直接或间接和福特发生关系。这里应是现代资本主义下的社会结构之最典型的一个实例。我们说底特律是“福特王国”，他们也自称“Ford Country”。

福特公司设有“招待中心”，据说每年有一百五十万以上的人前来参观。来宾先在中心登记，取得参观证，从早九点起用一部部的大汽车分批送到工厂去参观汽车生产，直到午后三时为止。车上的男女导游不消说都是能言善道训练有素的，述说福特的事业如数家珍。我们先去看碱性氧性熔炉（basic oxygen furnace），据说这是利用纯氧气炼钢方法的最新发展。我们看到一股股炽红的熔铁沿着模型蜿蜒而流，铸成铁块、铁板、铁条，厂里面轰轰声、砰砰声、嗞嗞声，杂然并作，工人戴着面具往来操作，里面的温度之高使得我们不能停留逼视，参观者的行列匆匆地向前移动，孩子们大声号啼，老人们用手捂着脸。福特厂自称他们是世界上汽车业者唯一设备自用炼钢厂的一家，自己炼钢，制造自己的汽车的车身及零件。所生产的钢铁在数量上占美国的第十位，但是福特厂所需要的钢铁有一半还要自外购入。厂里最有趣的一部分当然是那著名的装配线，这是福特的一大发明。一部汽车约有零件一万三千个，经过分工合作的装配线，一部完整的汽车自开始装配至开动出厂平均速度不需要一分钟！

福特的汽车事业的成功是一件了不起的事，在工业界成为一个巨大的里程碑。但是亨利·福特这个人却不仅是一个成功的工业家或资本主义者。他善于使用他的财富，他企图把美国开国以来的人民实际生活状况借实物展览的方式留给他的国人长久观摩——这便是福特博物馆及绿野村（Greenfield Village）的由来。博物馆建于1929年，占地十四亩，建筑物的正面是模仿费城独立厅的形式，内容分三大部分：一是装饰品，包括家具、瓷器、钟表、织绣之类；二是早期的店铺，由木匠铺、乐器店、玩具店、铁匠铺、马具店等排成一条街的形式；三是工艺品，农业、工业、蒸汽机、发电机、电灯、交通工具都有实物陈列，由最早的飞机以至最新电子装备都囊括在内。进门处的二楼是福特私人生活的实物展览，我们在这里清清楚楚地看出这个人如何在寒苦低微的环境之中努力奋斗以至于成功的全部经过。“绿野村”则是另一构想，福特把将近一百座有历史意义的建筑物重建在这一块地上，当然是具体而微的，不过建得惟妙惟肖，观光者可在一两小时之内巡视美国过去的许多名胜旧迹，诸如爱迪生的实验室、福特制造第一部汽车的厂棚、福特诞生的家屋，以及韦伯斯特与莱特兄弟之家等。

福特办博物馆和绿野村是爱国精神的表现。爱国的人一定珍视他的国家过去留下的文物遗产。美国自殖民时代至开国战争，随后开拓西部，其中有不少可歌可泣的资料，虽然由我们中国人看来，美国开国距今刚刚要满两百年，历史实在太短，古迹似乎古不到哪里去，但是福特作为一个资本家，已随时代而俱去，作为一个爱国者，其精神则永久存在而值得大众赞许。

我在底特律勾留两天，难忘的是福特的故居。是一所相当大的石头墙壁的大房子，两层，有地下室。房后有狭长的池塘，右边有一所小小的花园，花园是在荒废状态中，玫瑰花圃依稀可辨，但是荆棘丛生。听说由于福特后人无力维护，房屋楼上已经租出。我们去参观时，楼上一部分已在被人使用，谢绝参观了。我们所看到的若干房屋，当初设备必定是甚为豪华，如今都褪色了，气氛显着有一点阴沉。有一间房子是招待过爱迪生的。有一间屋子里有一个很大的壁炉，上面横石刻了一行字：

CHOP YOUR OWN WOOD AND IT WILL WARM YOU TWICE

意思是说："柴要自己砍，身体便可以暖两回。"一切工作，在获至成果时固然可供享受，其实在工作进行的过程中也自有乐趣。福特家中烧的柴是否自己砍，我不知道，我猜想可能有时候是自己砍的，因为砍柴也是一种有趣的运动。福特是一个喜欢凡事自己动手的人，所谓事必躬亲。他的壁炉上这一句格言，使我久久思索不能忘怀。

宠物

猪

猪没有什么模样儿，笨拙臃肿，漆黑一团，四川猪是白的，但是也并不俊俏，像是遍体白癜风，像是“天佬儿”，好像还没有黑色来得比较可以遮丑。俗话说：“三年不见女人，看见一只老母猪，也觉得它眉清目秀。”一般人似尚不至如此，老母猪离眉清目秀的境界似乎尚远。只看看它那个嘴巴尽管有些近于帝王之相，究竟占面部面积过多，作为武器固未尝不可，作为五官之一就嫌不称。它那两扇鼓动生风的耳轮，细细的两根脚杆，辫子似的一条尾巴，陷在肉坑里的一对小眼和那快擦着地的膨亨大腹，相形之下，全不成比例。当然，如果它能竖起来行走，大腹便便也并不妨事，脑满肠肥的一副相说不定还许能赢得许多人的尊敬，脸上的肉叠成褶，也许还能讨若干人的欢喜。可惜它只能四脚着地，辜负了那一身肉，只好谥之曰猪猡。

任何事物不可以貌相。并且相貌的丑俊也不是自己所能主宰的。上天造物是有那么多的变化，有蠢的，有俏的。可恼的是猪儿除了那不招人爱的模样之外，它的举止动作也全没有一点风度。它好睡，睡无睡相，人讲究“坐如钟，睡如弓”。猪不足以语此，它睡起来是四脚直挺，倒头便睡，而且很快就鼾声雷动，那鼾声是疙疙噜苏的，很少悦耳的成分。一经睡着，天大的事休想能惊醒它，打它一棒它能翻过身再睡，除非是一桶猪食哗啦一声倒在食槽里。这时节它会连爬带滚争先恐后地奔向食槽。随吃随挤，随咽随咂，嚼菜根则嘎嘎作响，吸豆渣则呼呼有声，吃得嘴脸狼藉，可以说没有一点“新生活”。动物的叫声无论是哀也好，凶也好，没有像猪叫那样讨厌的，平常没有事的时候，只会在嗓子眼儿里呶呶嚅嚅，没有一点痛快，等到大限将至被人揪住耳朵提着尾巴的时候，便放声大叫，既不惹人怜，更不使人怕，只是使人听了刺耳。它走路的时候，踯躅蹒跚，活泼的时候，盲目地乱窜，没有一点规矩。

虽然如此，猪的人缘还是很好，我在乡间居住的时候，女佣不断地要求养猪，她常年茹素，并不希冀吃肉，更不希冀赚钱，她只是觉得家里没有几只猪儿便不像是个家，虽然有了猫狗和孩子还是不够。我终于买了两只小猪。她立刻眉开眼笑，于抚抱之余给了小猪我所梦想不到的一个字的评语曰：“乖！”孟子曰：“食而弗爱，豕交之也；爱而不敬，兽畜之也。”我看我们的女佣在喂猪的时候是兼爱敬而有之。她根据“食不厌精脍不厌细”的道理对于猪食是细切久煮，敬谨用事的，一日三餐，从不误时，伺候猪食之后倒是没有忘记过给主人做饭。天朗气清惠风和畅的时候，她坐在屋檐下补袜子，一对小猪伏在她的腿上打瞌睡。等到“架子”长成“催肥”的时候来到，她加倍努力地供应，像灌溉一株花草一般地小心翼翼，它越努力加餐，她越心里欢喜，她俯在圈栏上看着猪儿进膳，没有偏疼，没有愠意，一片慈祥。有一天，猪儿高卧不起，见了食物也无动于心，似有违和之意，她急得烧香焚纸，再进一步就是在猪耳根上放一点血，烧红一块铁在猪脚上烙一下，最后一着是一服万金油拌生鸡蛋。年关将届，她噙着眼泪烧一大锅开水，给猪洗第一次也是最后一次的热水澡。猪圈不能空着，紧接着下一代又继承了上来。

看猪的一生，好像很是无聊，大半时间都是被关在圈里，如待决之囚，足迹不出栅门，出不能接见亲属，而且很早地就被阉割，大欲就先去了一半，浑浑噩噩地度过一生，临了还不免冰凉的一刀。但是它也有它的庸福。它不用愁吃，到时候只消饭来张口，它不用劳力，它有的是闲暇。除了它最后不得善终好像是不无遗憾以外，一生的经过比起任何养尊处优的高级动物也并无愧色。

“闻其声不忍食其肉”，是君子，但是我常以为猪叫的声音不容易动人的不忍之心。有一个时期，我的居处与屠场为邻，黎明就被惊醒，其鸣也不哀，随后是血流如注的声音，叫声顿止，继之以一声叹气，最后的一口气，再听便只有屋檐滴雨一般沥血的声音，滴滴答答地落在桶里。我觉得猪经过这番洗礼，将超升成为一种有用的东西，无负于豢养它的人，是一件公道而可喜的事。

仓颉造字，天雨粟，鬼夜哭，虽是神话，也颇有一点意思。“家”字是屋子底下一口猪。屋子底下一个人，岂不简捷了当？难道猪才是家里主要的一员？有人说豕居引申而为人居，有人引《曲礼》“问庶人之富数畜以对”之义以为豕是主要的家畜。我养过几年猪之后，顿有所悟。猪在圈里的工作，主要的是“吃、喝、拉、撒、睡”，此外便没有什么。圈里是脏的，顶好的卫生设备也会弄得一塌糊涂。吃了睡，睡了吃，毫无顾忌，便当无比。这不活像一个家吗？在什么地方“吃、喝、拉、撒、睡”比在家里更方便？人在家里的生活比在什么地方更像一只猪？仓颉泄露天机倒未必然，他洞彻人生，却是真的，怪不得天雨粟鬼夜哭。

鸟

我爱鸟。

从前我常见提笼架鸟的人，清早在街上溜达（现在这样有闲的人少了）。我感觉兴味的不是那人的悠闲，却是那鸟的苦闷。胳膊上架着的鹰，有时头上蒙着一块皮子，羽翮不整地蜷伏着不动，哪里有半点瞵视昂藏的神气？笼子里的鸟更不用说，常年地关在栅栏里，饮啄倒是方便，冬天还有遮风的棉罩，十分“优待”，但是如果想要“抟扶摇而直上”，便要撞头碰壁。鸟到了这种地步，我想它的苦闷，大概是仅次于粘在胶纸上的苍蝇，它的快乐，大概是仅优于在标本室里住着吧？

我开始欣赏鸟，是在四川。黎明时，窗外是一片鸟啭，不是唧唧喳喳的麻雀，不是呱呱噪啼的乌鸦，那一片声音是清脆的，是嘹亮的，有的一声长叫，包括着六七个音阶，有的只是一个声音，圆润而不觉其单调，有时是独奏，有时是合唱，简直是一派和谐的交响乐。不知有多少个春天的早晨，这样的鸟声把我从梦境唤起。等到旭日高升，市声鼎沸，鸟就沉默了，不知到哪里去了。一直等到夜晚，才又听到杜鹃叫，由远叫到近，由近叫到远，一声急似一声，竟是凄绝的哀乐。客夜闻此，说不出的酸楚！

在白昼，听不到鸟鸣，但是看得见鸟的形体。世界上的生物，没有比鸟更俊俏的。多少样不知名的小鸟，在枝头跳跃，有的曳着长长的尾巴，有的翘着尖尖的长喙，有的是胸襟上带着一块照眼的颜色，有的是飞起来的时候才闪露一下斑斓的花彩。几乎没有例外的，鸟的身躯都是玲珑饱满的，细瘦而不干瘪，丰腴而不臃肿，真是减一分则太瘦，增一分则太肥那样的秾纤合度，跳荡得那样轻灵，脚上像是有弹簧。看它高踞枝头，临风顾盼——好锐利的喜悦刺上我的心头。不知是什么东西惊动它了，它倏地振翅飞去，它不回顾，它不悲哀，它像虹似的一下就消逝了，它留下的是无限的迷惘。有时候稻田里伫立着一只白鹭，蜷着一条腿，缩着颈子，有时候“一行白鹭上青天”，背后还衬着黛青的山色和油绿的梯田。就是抓小鸡的鸢鹰，啾啾地叫着，在天空盘旋，也有令人喜悦的一种雄姿。

我爱鸟的声音，鸟的形体，这爱好是很单纯的，我对鸟并不存任何幻想。有人初闻杜鹃，兴奋得一夜不能睡，一时想到“杜宇”、“望帝”，一时又想到啼血，想到客愁，觉得有无限诗意。我曾告诉他事实上全不是这样的。杜鹃原是很健壮的一种鸟，比一般的鸟魁梧得多，扁嘴大口，并不特别美，而且自己不知构巢，依仗体壮力大，硬把卵下在别个的巢里，如果巢里已有了够多的卵，便不客气地给挤落下去，孵育的责任由别个代负了，孵出来之后，羽毛渐丰，就可把巢据为己有。那人听了我的话之后，对于这豪横无情的鸟，再也不能幻出什么诗意出来了。我想济慈的《夜莺》，雪莱的《云雀》，还不都是诗人自我的幻想，与鸟何干？

鸟并不永久地给人喜悦，有时也给人悲苦。诗人哈代在一首诗里说，他在圣诞的前夕，炉里燃着熊熊的火，满室生春，桌上摆着丰盛的筵席，准备着过一个普天同庆的夜晚，蓦然看见在窗外一片美丽的雪景当中，有一只小鸟踏踏缩缩地在寒枝的梢头踞立，正在啄食一颗残余的僵冻的果儿，禁不住那料峭的寒风，栽倒在地上死了，滚成一个雪团！诗人感谓曰："鸟！你连这一个快乐的夜晚都不给我！"我也有过一次类似的经验，在东北的一间双重玻璃窗的屋里，忽然看见枝头有一只麻雀，战栗地跳动抖擞着，在啄食一块干枯的叶子。但是我发现那麻雀的羽毛特别的长，而且是蓬松戟张着的：像是披着一件蓑衣，立刻使人联想到那垃圾堆上的大群褴褛而臃肿的人，那形容是一模一样的。那孤苦伶仃的麻雀，也就不暇令人哀了。

自从离开四川以后，不再容易看见那样多型类的鸟的跳荡，也不再容易听到那样悦耳的鸟鸣。只是清早遇到烟突冒烟的时候，一群麻雀挤在檐下的烟突旁边取暖，隔着窗纸有时还能看见伏在窗棂上的雀儿的映影。喜鹊不知逃到哪里去了。带哨子的鸽子也很少看见在天空打旋。黄昏时偶尔还听见寒鸦在古木上鼓噪，入夜也还能听见那像哭又像笑的鸱枭的怪叫。再令人触目的就是那些偶然一见的囚在笼里的小鸟儿了，但是我不忍看。

狗

我不喜欢狗，也不知是为什么，仔细想起来，大概是不外这几个原因：一、怕狗咬；二、嫌狗脏；三、家里的孩子已经太多。

我到重庆来，租到一间房子，主人豢养着一条狗，不是什么巴儿狗、狼狗、鬈毛狗之类的名种，只是地地道道的一条笨狗，可是主人爱它。我的屋门的外面就是主人的饭厅，同时也就是这条狗的休憩之所。一到“开堂”的时候，桌上桌下同时地要吱吱喳喳地忙碌一阵。主人若是剩下半锅稀饭，就噗的一声往地上一泼，那条狗便伸出缁红长舌头呱唧呱唧地给舔得一干二净。小宝宝若是屙了屎，那条狗也依样办理。所以地上是很光溜的，而主人还省许多事。开堂的时候那条狗若是缺席，还要劳主人依槛而望，有时还要喊着它的大名催请。饭后狗还要在我门外偃卧。所以我推开门，总是要遇到狗。平常倒也彼此相安；但是遇到它正在啃骨头或是心绪欠佳的时候，它便呼地一下子扑上身来，有一次冷不防被它把裤子咬破一个洞，至今这个洞还没有缝起来。以后我出入就更加小心了，杖不离手，手不离杖，采取防御的姿势。狗大概是饱的时候不多，常常狭路相逢，和我冲突。我接受一个朋友的劝告，买了十个铜板的大饼喂它，果然，它摇尾而来，有妥协之意，我把饼都给它吃了。它快吃完时，我大踏步走出门口，不料它呼地一下咬住了我的衣襟，我一时也无法摆脱，顿成胶滞状态，幸亏主人出来呵逐，我仅以身免。衣襟上已有两个窟窿！以后我就变更策略，按照军事学家所谓“进攻是最好的防卫”，又按照标语家所谓的“予打击者以打击”，以后遇到狗便见头打头，见尾打尾。从此我没被狗咬过，然而也很吃力，尤其是在精神上感觉紧张。我的朋友们来访我的，有两位腿上挂了彩。主人非常客气，甚至于感觉有一点不安，在大门外竖起一块牌子，大书“内有恶犬”。

有人说，怕狗咬足以证明你是城里人，不是乡下人。乡下人没有怕狗咬的。这话也对。不过城里不是没有狗。重庆的街道上，狗甚多。我常有“不可与同群也”之感。城里的狗比乡下的狗机警，卧在街道中间的少，而且也并不狂吠着追逐汽车。街上的野狗并不轻易咬人，大概是因为它知道它自己是野狗的缘故。不过我总觉得在人的都市里，狗不应该有居住行动的自由权。万一谁得了“恐水症”，在重庆可是没法治！市政当局若是发起捕杀野犬运动，我赞成。

猎犬、警犬，都是有用的；太太们若是喜欢小巴儿狗，那也是私人的嗜好，并无可议；看门守夜的狗，若是家教严，管理得法，不乱咬人，那也要得。至于笔记小说中所谓“义犬”那自然更令人肃然起敬，我不敢诽谤。可是 ×× 的“走狗”，那就非打倒不可了。狗和人一样，有种类的不同，不可一概而论。你看，英国人不是还时常喜欢自比为“牛头狗”吗？

人世知音
總難覓有
話你說與誰言獨
自行到山深處擁花悄
悄仔細談 丁酉暮春矣
自江南歸來 製小品老村

一条野狗

野狗当道，有司捕杀之，吾无间然。

夜深人静，常听到犬吠之声盈耳，哀而且厉，随即寂然。我初以为是狗屠出来猎狩，收集香肉，供人大嚼。后来听说是市府派出来的专人收捕野狗。他们的猎具简单，一根棍子，顶端系上一个铅铁丝圈的活套，瞄准了套在狗颈上面，越拉越紧，狗便无法挣脱。提起狗来往停在路边的车子里一甩，凑足了十个八个，送往拘留场所，三日无人认领，则聚而歼之，无稍贷。对市民而言，这是德政。

从前我的居处楼上有人养狗，我从未见过这狗，不知其为雌雄、妍媸、胖瘦。但是狗准时狂吠，准在黎明的时候以极不悦耳的短促而连续的声音嗥叫，惊醒上下左右邻人的清睡。熟睡中被惊醒是很难受的。古人形容人民之安居乐业的现象之一是“狗不夜吠”（见《后汉书·循吏传》），有一天菁清在电梯中遇到狗主人，说起这条狗，委婉地请求她能不能

“无使龙也吠”。狗主人反问：“你搬来多久了？”菁清说：“将近一月。”狗主人说：“我在此地养这条狗将近三年了。”言外之意是，她和她的狗已经是资深的住户，一切早已定型，传统不容置疑。我闻之不禁叹息，有其人必有其狗。可是睦邻要紧，何况这狗不是野狗，所以这桩事只好列为百忍的项目之一。忍了两年，忽不闻犬吠，人犬俱杳，大概是搬走了。

历史重演，我现在住的地方又有一条狗半夜里汪汪地叫，不是在楼上，是在街上，原是一家店铺豢养的一只母狗，店铺关门，狗被遗弃，变成了野狗。它在附近餐馆偶然拾些残羹剩炙，苟全性命，但是瘦骨嶙峋，棕黑色的毛脱落了一半，同时还长满了虱。别看它这副腌臜相，在一群落魄的公狗的眼里，它还是眉清目秀的。果然，有一夜晚，一群野狗狺狺然骚动起来，争相追逐这只可怜的母狗。结果是不免。群狗哄散，不久这条狗就大腹膨亨了。大概狗在怀胎期间格外容易感觉到饿，所以它叫得格外凄厉。菁清和我时常外出就餐，偶然剩余的菜肴便大包小包地携带回家，菁清没有浪费的习惯，归途遇见这只母狗，菁清顺手打开包裹，投以肉骨之类。一只狗真正饥饿的时候，饥火中烧，忽然看见肉骨，饥火会从眼里直冒出来。它急急忙忙地大口吞嚼。咔嚓咔嚓之声可闻，还不时地左顾右盼，唯恐谁来夺食。吃完之后，还要舔地，好像是意犹未足。菁清索性以全部剩食投赠，它如风卷残云一般吃得一干二净。饿狗得食，那份满足的样子给人印象至深。此后我们就时常喂它，它好像认识我们了，见到我们就摇它的尾巴，这是它的礼貌。我们只是“随所见物，发慈悲心”（莲池大师语），并不是对这只野狗有所偏爱。

有一天，楼下餐馆主人说，那只野狗利用他后门外的一角空地产下了五只小狗。菁清就劝店主喂养它们，店主也答应了，只是把三只小狗送人，留下两只。我们看见了这两只，肥肥胖胖，满地打滚，一白色一棕色。天地之大德曰生，狗也在一切有情之内。现在母狗长得丰满了，皮毛也显著悦泽，母性焕发，怡然自得，再也不黎明狂吠扰人清梦了。我们为它庆幸：“得其所哉！”尤其是看它喂奶给小狗吃的那副舒坦的样子，令人兴起愉悦之感。

忽然有一天餐馆主人告诉我们，那条狗被抓走了！我们立刻就想到捕狗人员用铁圈套狗的样子，不免戚然。问店主要不要去认领，他摇摇头。“那两只小狗怎么办呢？”他说：“我们会喂它。”说着说着那两只小狗跑过来了，依然欢蹦乱跳，满地打滚，不晓得覆巢之下岂有完卵！

我知道那条狗还可以苟延残喘三天，这三天中，我不时地想到了它。三天过后，万事皆空，它的影子仍然不时地浮现在我心里。这条狗并无美丰姿，比起什么狮子狗、狐狸狗、哈巴狗、牧羊犬、大丹狗、香肠狗、牛头狗……都差得远。我没有抚摸过它，只是偶有一饭之恩。奈何三日已过而仍萦绕我的心怀？我的心怀已经是满满的，不能再容纳一只无家可归惨遭捕杀的野狗。我想唯一释怀的方法是把这一桩事写出来，也许写出来之后心里就会觉得释然。试试看。

小　花

小花子本是野猫，经菁清留养在房门口处，起先是供给一点食物一点水，后来给它一只大纸箱作为它的窝，放在楼梯拐角处，终乃给它买了一只孩子用的鹅绒被袋作为铺垫，而且给它设了一个沙盆逐日换除洒扫。从此小花子就在我们门前定居，不再到处晃荡，活像《鸿鸾禧》里的叫花子，喝完豆汁儿之后甩甩袖子连呼："我是不走的了啊，我是不走的了啊！"

彼此相安，没有多久。

有一天我回家看见菁清抱着小花子在房间里踱来踱去，我惊问："它怎么登堂入室了？"我们本来约定不许它越雷池一步的。

"外面风大，冷，你不是说过猫怕冷吗？"

我是说过，猫是怕冷。结果让它在室内暖和了一阵，仍然送到户外。看着它在寒风里缩成一团偎在纸箱里，我心里也有些不忍。

再过些时，有一天小花子不见了，整天都没回来就食，不知它云游何处去了。一天两天过去，杳无消息。它虽是野猫，我们对它不只有一饭之恩，当然甚是牵挂。每天打开门看看，猫去箱空，辄为黯然。

忽然有一天它回来了。浑身泥污，而且沾有血迹。它的嘴里挂着血淋淋的一块肉似的东西，像是碎裂的牙肉。菁清赶快把它抱起，洗刷一下，在身上有血迹处涂了紫药水，发现它的两颗虎牙没有了，满嘴是血。我们不知它遭遇了什么灾难，落得如此狼狈。菁清取出一个竹笼，把它装了进去，骑车直奔国际猫狗专科病院辜仲良（泰堂）先生处。辜大夫说，它的牙被人敲断了，大量出血，被人塞进几团药棉花，它在身上乱舔所以到处有血迹。于是给它打针防破伤风，注射消炎剂，清洗口腔，取出药棉花，涂药。菁清抱它回来，说："看它这个样子，今天不要叫它在门外睡了吧？"我还有什么话说。于是小花子进了家门，睡在属于黑猫公主的笼子里。黑猫公主关在楼上寝室里。三猫隔离，各不相扰。这是临时处置，我心想，过一两天还是要放小花子到门外去的。

但是没想到第二天菁清又有了新发现，她告我说，在她掰开猫嘴涂药时发觉猫的舌头短了一大截，舌尖不见了。大概是牙被敲断时，被人顺手把舌头也剪断了。菁清要我看，我不敢看。我不知道它犯了什么大过，受此酷刑。我这才明白为什么每次喂它吃鱼总是吃得盘里盘外狼藉不堪，原来它既无门牙又缺半截舌头。世界上是有厌猫的人。据说，拿破仑就厌恶猫，“在某次战役中，有个侍从走过拿破仑的卧房时，突然听到这位法国皇帝在呼救。他打开房门一看，拿破仑的衣服才穿到一半，满头大汗，用剑猛刺绣帷，原来他是在追杀一只小猫”。美国的艾森豪威尔总统也恨猫，“在盖茨堡家中的电视机旁，备有一支鸟枪打击乌鸦。此外他还下令，周遭若出现任何猫，格杀勿论”。英文里有一个专门名词，称厌恶猫者为 ailurophobe。我想我们的小花子一定是在外游荡时遇到了一位厌猫者，敲掉门牙剪断舌头还算是便宜了它。

菁清说，这猫太可怜，并且历数它的本质不恶，天性很乖，体态轻盈，毛又细软，但是她就没有明白表示要长期收养它的意思。我也没有明白表示我要改变不许它进门的初衷。事实逐步演变，它已成了我们家庭的一员。菁清奉献刷毛、挖耳、剪指甲全套服务，还不时地把它抱在怀里亲了又亲。我每星期上市场买鱼也由七斤变为十斤。煮鱼摘刺喂食的时候，也由准备两盘改为三盘。

“米已熟了，只欠一筛。”最后菁清画龙点睛似的提出了一个话题，“这猫已不像是一只野猫了，似不可再把它当作街头浪子，也不再是小叫花子，我们把‘小花子’的名字里的‘子’字取消，就叫它‘小花’吧。”

我说“好吧”。从此名正言顺，小花子成了小花。我担心的是以后是否还有二花、三花闻风而至。

一只野猫

流浪街头无人豢养的猫，叫作野猫。通常是瘦得皮包骨，一身渍泥，瞪着大眼嗥嗥地叫，见人就跑。英语称之为街猫，以别于家猫，似较为确切，因为野猫是另一种东西，本名lynx，我们称之为山猫，大概也就是我们酒席上的果子狸。

稀脏邋遢的孩子，在街上鬼混，我们称之为野孩子。其实他和良家子弟属于同一品种，不是蛮荒的野人的孑遗，只是缺乏教养失去了家庭温暖的可怜的孩子。猫也是一样。踯躅街头嗷嗷待哺的猫，我也似乎不该叫它为野猫，只因一时想不起较合适的名称，暂时委屈它一下称之为野猫吧。

一般的野猫，其实是驯顺的，而且很胆怯。在垃圾堆旁的野猫都是贼目鼠眼的，一面寻食，一面怕狗，更怕那些比狗更凶的人。我们在街上看见几只野猫，怜其孤苦伶仃，顶多付诸一叹，焉能广为庇护使尽得其所？但是如果一只野猫不时地在你家大门外出现，时常跟着你走，有时候到了夜晚蹲在你的门前守候着你，等你走近便叫一声“咪噢”，而你听起来好像是叫一声“妈”……恐怕你就不能不心动一下，恻隐之心，人皆有之。

菁清最近遇到了这样的一只野猫。白毛，大块的黑斑，耳朵是黑的，尾巴是黑的，背上疏疏落落地有三五大块黑，显着粗豪，但不难看，很脏，但是很胖，也许本是家猫而被遗弃的，也许它善于保养而猎食有道。它跟了菁清几天，她不能恝置不理了，俯下身去摸摸它，哇，毛一缕缕地黏结在一起，刚鬣鬅鬙，大概是好久不曾梳洗。

“我们把它抱到家里来吧？”菁清说。

我断然说：“不可。”

我们家已经有白猫王子和黑猫公主，一雌一雄，其饮食起居以及医药卫生之所需，已经使我们两个忙得团团转，如果善门大开，寒家之内势将喧宾夺主。菁清听了没说什么，拿一钵鱼一盂水送到门口外，就像是在路边给过往行人“奉茶”的那个样子。

如是者数日，野猫每日准时到达门口领食，更难得的是施主每日准时放置饮食于固定之处待领。有时吆喝一声，它不知从哪里蹿了出来，欣然领受这份嗟来之食。

有好几天不见猫来。心想不妙，必是遭遇了什么意外。果然，它再度出现时，尾巴中间一截血淋淋的毛皮尽脱，露出一段细细的似断未断的骨头。它有气无力地叫。我猜想也许是被哪一家的弹簧门夹住了尾巴。菁清说一定是狗咬的。

本来尾巴没有用，老早就该进化淘汰掉的，留着总是要惹麻烦。菁清说：“以后叫它上楼到我们房门口来吃吧。”我看着它的血丝糊拉的尾巴，也只好点点头。从此这只猫更上一层楼，到了我们的房门口。不过我有话在先，我在这里画最后一道线，不能再越雷池一步，登堂入室是绝不可以的。菁清说：“这只猫，总得有个名字，就叫它‘小花子’吧。”怜其境遇如乞食的小叫花子，同时它又是一身黑白花。

小花子到房门口，身份好像升了一级。尾巴的伤养好了，猫有九条命，些许皮肉之伤算不了什么。菁清给它梳洗了一番，立刻容光焕发。看它直咳嗽，又喂了它几颗保济丸。它好想走进我们的房间，有时候伸一只爪子隔在门缝里，不让我们关门，我心里好惭悚，为什么这样自私，不肯再多给它一点温暖！菁清拿出一条棉絮放在门外，小花子吃饱之后，照例洗洗脸，便蜷着身子在棉絮上面睡了。小花子仅仅免于冻馁而已。它晚间来到门口膳宿，白天就不知道云游何处了。

白猫王子听得门外有同类的呼声，起初是兴奋，观察许久，发出呼噜的吼声，小花子吓得倒退。对于这不速之客，白猫王子好像不表示欢迎。一门之隔，幸与不幸，判如霄壤。一个是食鲜眠锦，一个是踵门乞食。世间没有平等可言！

猫

英国十八世纪诗人斯玛特（Smart）是一个疯子。这不足为奇，因为诗人和疯子本来有一些近似。不过斯玛特疯得厉害。他本来只是由于对宗教的狂热过度而显得不很正常，他喜欢祈祷，常在光天化日之下跪在当街上做祈祷，而且乞求别人和他一起祈祷。他两度被关进了疯人院。约翰逊同情他，说他无害于人，根本不该被关起来。在疯人院里他不准使用纸笔墨水，据说他就利用他的钥匙的尖端在壁板上刻画出他的杰作《大卫之歌》，大卫歌颂的是上帝的光荣。斯玛特还有一部诗稿，死后一百多年才被发现，这就是《对羔羊而欢喜赞叹》（*Jubilate Agno*），于一九三九年刊行。这部诗的主旨也是赞美上帝，斯玛特以为凡属生物（佛家所谓“有情”）都是在宣示上帝的光荣。他有一只猫，是他被禁闭时唯一的伴侣，名字是乔佛莱，这只猫之生命即是对上帝之不断的礼拜。自第十九节第五十行起及整个的第二十节，都是讲这只猫。诗体是所谓自由诗，不押韵，每行长短不拘，很像是惠特曼的诗的形式，当然这是模仿《圣经》，也可说是模仿希伯来诗体。其诗曰：

我要谈到我的猫乔佛莱。

他是当今上帝的臣仆，日日恪尽厥职。

上帝的光荣在东方刚刚出现，他即以他的方式去礼拜。

其方式是躬身七次，优美而迅速。

然后他跳起捉麝球，这是他求上帝赐给他的恩物。

他连翻带滚地闹着玩。

做完礼拜受了恩宠之后他开始照顾他自己。

他分为十个步骤去做。

第一是看看前爪是否干净。

第二是向后踢几下以腾出空间。

第三是伸前爪欠身做体操。

第四是在木头上磨他的爪。

第五是洗浴。

第六是浴罢翻滚。

第七是为自己除蚤，以免巡游时受窘。

第八是靠着一根柱子摩擦身体。

第九是抬头听取指示。

第十是前去觅食。

礼拜上帝照顾自己之后他便应付他的邻居。

如果遇到另一只猫，便温柔地吻她一下。

捕到食物的时候便戏弄他，给他一个机会，

七只老鼠有一只在他逗弄时脱逃。

每日工作完毕，他的正事开始。

夜间他为上帝值更，防备仇敌。

他用含电的皮和闪亮的眼抗拒黑暗的威力。

他以活跃的生命力抵制代表死亡的恶魔。

在晨祷中他爱太阳，太阳也爱他。

他是属于虎的一族。

虎是天使，猫是小天使。

他有蛇的狡猾与嘘嘘声，但他禀性善良能克制自己。

如吃得饱，他不做破坏的事，若未被犯他亦不唾。

上帝夸他乖，他作呜呜声表示感谢。

他是为儿童学习慈爱的一个工具。

没有猫，每个家庭不完备，幸福有缺憾。

以色列人离开埃及时，主曾命令摩西带走战利品。

每个家庭行囊中有一只猫。

英国的猫是欧洲的最佳者。

他是四足动物中使用前爪最为干净者。

他的防卫力之灵巧是上帝十分钟爱他的明证。

他是生物中行动最敏捷的。

他有坚持不懈的毅力。

他是严肃与恶作剧的混合。

他知道上帝是他的救主。

没有什么能比他休息时的宁静更为可爱。

没有什么能比他动作中的生命力更为活跃。

他是主的小可怜，难怪总是被怜惜地称作——可怜的

乔佛莱！可怜的乔佛莱！老鼠咬了你的脖子。

我赞美主耶稣的名字，乔佛莱已经好些了。

圣灵来到他的躯体上使之归于完整。

他的舌头十分纯洁，有音乐中得不到的纯洁。

他驯顺，能学习一些事情。

他可以做出严肃的模样，这是奉命唯谨。

他可以供驱使，这是恪尽厥职。

他可以跳过一根手杖，这是禁得考验。

一声令下他可以四肢伸开地仰卧。

他可以从高处一跃而入主人的怀抱。

他可以捕捉一个软木塞再掷出去。

他被伪善者与吝啬者所嫉。

前者怕被窥破。

后者不肯破费买饲料。

他弓起他的背，表示开始有所作为。

他很值得怀念，如果一个人愿说老实话。

在埃及他曾因殊勋而声名大振。

他杀死了陆上为患的橡鼠。

他听觉灵敏，一点声音就使他警觉。

所以他能很快地予以注意。

我抚摩他发现他身上有电。

我发现他身上有上帝的光明，烛光与火焰。

电火是神圣的东西，乃是上帝从天上带来的，以支持人与兽的躯体。

上帝祝福他，令他有各式各样的活动。

他虽然不能飞，极善于攀爬。

他在地面上活动多于任何四足兽类。

他能随着音乐做各种舞蹈。

他能泅水逃命。

他能爬行。

猫的故事

猫很乖，喜欢偎傍着人；有时又爱蹭人的腿，闻人的脚。唯有冬尽春来的时候，猫叫春的声音颇不悦耳。呜呜地一声一声地吼，然后突然地哇咬之声大作，稀里哗啦的，铿天地而动神祇。这时候你休想安睡。所以有人不惜昏夜起床持大竹竿而追逐之。相传有一位和尚作过这样的一首诗：“猫叫春来猫叫春，听他愈叫愈精神，老僧亦有猫儿意，不敢人前叫一声。”这位师父富同情心，想来不至于抡大竹竿子去赶猫。

我的家在北平的一个深巷里。有一天，冬夜荒寒，卖水萝卜的，卖硬面饽饽的，都过去了，除了值更的梆子遥远的响声可以说是万籁俱寂。这时候屋瓦上嗥的一声猫叫了起来，时而如怨如诉，时而如诟如詈，然后一阵跳踉，蹿到另外一间房上去了，往返跳跃，搅得一家不安。如是者数日。

北平的窗子是糊纸的，窗棂不宽不窄正好容一只猫儿出入，只消它用爪一划即可通往无阻。在春暖时节，有一夜，我在睡梦中好像听到小院书房的窗纸响，第二天发现窗棂上果然撕破了一个洞，显然地是有野猫钻了进去。大概是饿极了，进去捉老鼠。我把窗纸补好。不料第二天猫又来，仍从原处出入，这就使我有些不耐烦，一之已甚，岂可再乎？第三天又发生同样情形，而且把书桌、书架都弄得凌乱不堪，书桌上印了无数的梅花印，我按捺不住了。我家的厨师是一个足智多谋的人，除了调和鼎鼐之外还贯通不少的旁门左道，他因为厨房里的肉常常被猫拖拉到灶下，鱼常被猫叼着上了墙头，怀恨于心，于是殚智竭力，发明了一个简单而有效的捕猫方法。法用铁丝一根，在窗棂上猫经常出入之处钉一个铁钉，铁丝一端系牢在铁钉之上，另一端在铁丝上做一活扣，使铁丝做圆箍形，把圆箍伸缩到适度放在窗棂上，便诸事完备，静待活捉。猫蹿进屋的时候前腿伸入之后身躯势必触到铁丝圆箍，于是正好套在身上，活生生悬在半空，愈挣扎则圆箍愈紧。厨师看我为猫所苦无计可施，遂自告奋勇为我在书房窗上装置了这么一个机关。我对他起初并无信心，姑妄从之。但是当天夜里居然有了动静。早晨起来一看，一只瘦猫奄奄一息地赫然挂在那里！

厨师对于捉到的猫向来执法如山，不稍宽假，我看了猫的那副可怜相直为它缓颊。结果是从轻发落予以开释，但是厨师坚持不能不稍予膺惩，即在猫身上原来的铁丝系上一只空罐头，开启街门放它一条生路。只见猫一溜烟似的稀里哗啦地拖着罐头绝尘而去，像是新婚夫妇的汽车之离教堂去度蜜月。跑得愈快，罐头响声愈大，猫受惊乃跑得更快，惊动了好几条野狗在后面追赶，黄尘滚滚，一瞬间出了巷口往北而去。它以后的遭遇如何我不知道，我心想它吃了这个苦头以后绝对不会再光顾我的书房。窗户纸重新糊好，我准备高枕而眠。

当天夜里，听见铁罐响，起初是在后院砖地上哗啷哗啷地响，随后像是有东西提着铁罐猱升跨院的枣树，终乃在我的屋瓦上作响。屋瓦是一垄一垄的，中有小沟，所以铁罐越过瓦垄的声音是咯噔咯噔地清晰可辨。我打了一个冷战，难道那只猫阴魂不散？它拖着铁罐子跑了一天，藏躲在什么地方，终于夤夜又复光临寒舍？我家究竟有什么东西值得使它这样念念不忘？

咣当一声，铁罐坠地，显然是铁丝断了。几乎同时，噗的一声，猫顺着我窗前的丁香树也落了地。它低声地呻吟了一声，好像是初释重负后的一声叹息。随后我的书房窗纸又撕破了——历史重演。

这一回我下了决心，我如果再度把它活捉，要用重典，不是系一个铁罐就能了事。我先到书房里去查看现场，情况有一些异样，大书架接近顶棚最高的一格有几本书散落在地上。倾耳细听，书架上有呼噜呼噜的声音。怎么猫找到了这个地方来酣睡？我搬了高凳爬上去窥视，吓我一大跳，原来是那只瘦猫拥着四只小猫在喂奶！

四只小猫是黑白花的，咕咕容容地在猫的怀里乱挤，好像眼睛还没有睁开，显然是出生不久。在车船上遇到有妇人生产，照例被视为喜事，母子好像都可以享受好多的优待。我的书房里如今喜事临门，而且一胎四个，原来的一腔怒火消去了不少。天地之大德曰生，这道理本该普及于一切有情。猫为了它的四只小猫，不顾一切地冒着危险回来喂奶，伟大的母爱实在是无以复加！

猫的秘密被我发现，感觉安全受了威胁，一夜的工夫它把四只小猫都叼离书房，不知运到什么地方去了。

猫 话

《诗·大雅·韩奕》："孔乐韩土，川泽讦讦，鲂鲊甫甫，麀鹿噳噳，有熊有罴，有猫有虎。"这是说韩城一地物产富饶，是好地方。原来猫也算是值得一提的动物，古时的猫是有实用价值的。《礼·郊特牲》："迎猫，为其食田鼠也。"捉老鼠，一直是猫的特职。一般人家里也常有鼠患，棚顶墙根都能咬个大窟窿，半夜里到厨房餐室大嚼，偷油喝，啃蜡烛，再不就是地板上滚胡桃，甚至风雅起来也偶尔啮书卷，实在防不胜防，恼火之至。《黄山谷外集》卷七有一首《乞猫》，诗曰：

> 秋来鼠辈欺猫死，窥瓮翻盘搅夜眠。
> 闻道狸奴将数子，买鱼穿柳聘衔蝉。

这首诗是说家里的老猫死了，老鼠横行。随主簿家里的猫，听说要产小猫了，请求分赠一只，已准备买鱼静待小猫光临。衔蝉，俗语，猫名也。这首诗不算是山谷集中佳构，但是《后山诗话》却很推崇，“乞猫诗，虽滑稽而可喜，千岁之下，读之如新”。到底山谷乞得猫了没有，不得而知。不过山谷又有一首《谢周文之送猫儿》，诗云：

养得狸奴立战功，将军细柳有家风。
一箪未厌鱼餐薄，四壁当令鼠穴空。

周家的猫不愧周亚夫细柳营的大将之风，大概是很善捕鼠。

鼠辈跳梁，靠猫来降伏，究竟是落后社会的现象。猫和人建立了关系，人猫之间自然也会产生感情。梅圣俞有一首《祭猫诗》，颇有情致：

自有五白猫，鼠不侵我书。
今朝五白死，祭与饭与鱼。
送之于中河，咒尔非尔疏。
昔尔啮一鼠，衔鸣绕庭除。
欲使众鼠惊，意将清我庐。
一从登舟来，舟中同屋居。
糗粮虽甚薄，免食漏窃余。
此实尔有勤，有勤胜鸡猪。

世人重驱驾，谓不如马驴。

已矣莫复论，为尔聊欷歔。

这首诗还是着重猫的实用价值，不过忘形到尔汝，已经写出了对猫的一份情。宋·钱希白《南部新书》：“连山张大夫抟，好养猫，众色备有，皆自制佳名。每视事退，至中门，则数十头曳尾延颈接入。以绿纱为帏，聚其内，以为戏。或谓抟是猫精。”说来好像是奇谈，我相信其事大概不假。杨文璞先生对我说，他在纽哲塞住的时候，养猫一度多到三十几只，人处屋内如在猫笼。杨先生到舍下来，菁清称他为“猫王”。猫王一见我们的白猫王子，行亲鼻礼，白猫王子在他跟前服服帖帖，如旧相识。

一般来说，猫很可爱。如果给以适当的卫生设备，它不到处拆烂污，比狗强，也有时比某一些人强。我们的白猫王子，从小经过菁清的训练，如厕的时候四爪抓住缸沿，昂首蹲坐，那神情可以入画。可惜画工只爱画猫蝶图、正午牡丹之类。猫喜欢磨它的趾甲，抓丝袜、抓沙发、抓被褥。菁清的办法是不时地给它剪趾甲，剪过之后还替它锉。到处给它铺小块的粗地毯，它睡起之后躬躬身就在小地毯上抓磨它的趾甲了。猫馋，可是它吃饱之后任何鱼腥美味它都不屑一顾，更不用说偷嘴。它吃饱之后不偷嘴，似乎也比某一些吃饱之后仍然要偷的人高明得多。

猫不会说话，似是一大缺陷。它顶多是喵喵叫两声，很难分辨其中的含义。可是菁清好像是略通猫语，据说那喵喵声有时是表示饥饿，有时是要人去清理它的卫生设备，有时是期望有人陪它玩耍。白猫王子玩绳、玩球、玩捉迷藏，现在又添了新花样，玩“捕风捉影”。灯下把撑衣架一晃，影子映在墙上，它就狼奔豕突地扑捉影子！有些人不是也很喜欢捕风捉影地谈论人家的短长吗？宋·彭乘《续墨客挥犀》：“鄱阳龚氏，其家众妖竞作，乃召女巫徐姥者，使治之。时尚寒，有一猫正卧炉侧，家人指谓姥曰：‘吾家百物皆为异，不为异者独此猫耳。’于是猫亦人立，拱手而言曰：‘不敢。’姥大骇，走去。”我真盼望我们的白猫王子有一天也能人立拱手而言。西谚有云：“佳酿能使猫言。”莎士比亚《暴风雨》曾引用其意，想是夸张其词。猫不能言，犹之乎“猫有九条命”一样地不足信，命只有一条。

人之好恶不同，各如其面。尽管有人爱猫爱得发狂，抚摩它、抱它、吻它，但是仍有人不喜欢猫。莎士比亚《威尼斯商人》就说“有些人见猫就要发狂”。不是爱得发狂，是厌恶得发狂。我起初还不大了解。后来有一位朋友要来看我，预先风闻我家有白猫王子，就特别先打电话要我把猫关起。我想这也许是一种过敏反应。《挥麈新谈》曾记猫有五德之说：“猫见鼠不捕，仁也。鼠夺其食而让之，义也。客至设馔则出，礼也。藏物虽密能窃食之，智也。每冬月辄入灶，信也。”这是鸡有五德之说的翻版，像这样的一只猫未必可爱。猫有许多可人意处，猫喜欢偎在人身边，有时且枕着你的臂腿呼呼大睡，此时不可误会，其实猫怕冷怕寂寞。有时你在寒窗之下伏案作书，猫能蹲踞案头，缩在桌灯罩下呼噜呼噜地响上个把钟头，此时亦不可误会，猫只是在享受灯光下散发出来的热气。如加呵斥，它会抑郁很久；如施夏楚，它会沮丧半天。猫有令人难以理解的嗜好，它喜欢到处去闻，不一定是寻求猎物，客来它会闻人的脚闻人的鞋，好像那里有什么异香。最令人嫌恶的是春天来到的时候猫在房檐上怪声怪气地叫嗥，东一声叫，西一声应，然后是稀里哗啦地一阵乱叫乱跑。鲁迅先生在一篇文字里说他最讨厌听猫叫，他被吵醒便拿起大竹竿去驱逐。猫叫春是天性，驱得了吗？

有义犬、义马救主之说，没听说过义猫。猫长得肥肥胖胖，刷洗得干干净净，吃饱了睡，睡醒了吃，主人看着欢喜，也就罢了，谁还稀罕一只猫对你有什么报酬？在英文里 feline（猫）一字带有阴险狡诈之义，我想这也许有一点冤枉。有人养猫，猫多为患，送一只给人家去，不久就返回老家。主人无奈，用汽车载送到郊外山上放生，没过几天，猫居然又回来了。回来时瘦骨嶙峋，一身污泥。主人大受感动，不再遗弃它，养它到老。猫也识得家，不必只是狐正首丘。

英国诗人中，十八世纪的斯玛特（Smart）最爱猫，我曾为文介绍，兹不赘。另外一位诗人托马斯·格雷有一首有名的小诗，写一只猫之溺死于金鱼缸内。那只缸必是一只相当大的缸，否则不至于把猫淹死。可惜那时候没有司马光一类的人在旁营救。那只猫不是格雷的，是他朋友何瑞斯·窝波耳的，所以他写来轻松，亦谐亦讽而不带感情。

诗曰：

一只爱猫之死
是在一只大瓷缸旁边，
上有中国彩笔绘染
盛开着的蓝花；
赛狸玛那只最乖的斑猫，
在缸边若有所思地斜靠，
注视下面的水洼。

她摇动尾巴表示欢喜；
圆脸庞，雪白的胡须，
丝绒般的足掌，
龟背纹似的毛衣一件，
黑玉的耳朵，翡翠的眼，
她都看到；呜呜地赞赏。

她不停地注视；水波之间
泳过两个形体美似天仙，
是巡游的女神在水里：
她们的鳞甲用上好颜料漆过
看来是红得发紫的颜色，

在水里闪出金光一缕。

不幸的女神惊奇地看到：
先是一绺胡须，随后是爪，
她几度有动于衷，
她想去抓却抓不到。
哪个女人见了金子不想要?
哪个猫儿不爱鱼腥?

妄想的小姐！她再度地
弓着腰，再度地抓去，
不知距离有多远。
（命运之神在一边坐着笑她。）
她的脚在缸沿上一滑，
她一头栽进了缸里面。

她把头八次探出水面，
咪咪地向各路水神呼唤，
迅速地前来搭救。
海豚不来，海神不管，
仆人、丫鬟都没有听见，
爱猫没有朋友！

此后，美人儿们，莫再受骗，
一失足便是永远的遗憾。
要大胆，也要小心。
引你目眩心惊的五光十色
不全是你们分所应得；
闪闪发亮光的不全是金子！

黑猫公主

白猫王子今年四岁，胖嘟嘟的，体重在十斤以上，我抱它上下楼两臂觉得很吃力，它吃饱伸直了躯体侧卧在地板上足足两尺开外（尾巴不在内）。没想到四年的工夫它有这样长足的进展。高信疆、柯元馨伉俪来，说它不像是猫，简直是一头小豹子。按照猫的寿命年龄，四岁相当于我们人类弱冠之年，也许不会再长多少了吧？

白猫王子饱食终日，吃饱了洗脸，洗完脸倒头大睡。家里没有老鼠可抓，它无用武之地。凭它的嗅觉，它不放过一只蟑螂，见了蟑螂它就紧迫追踪，又想抓又害怕，等到菁清举起苍蝇拍子打蟑螂时，它又怕殃及池鱼藏到一个角落里去了。我们晚间外出应酬，先把它的晚餐备好，鲜鱼一钵，清汤一盂，然后给它盖上一床被毯，或是给它搭一个蒙古包似的帐篷。等我们回家的时候，它依然蜷卧原处。它的那床被毯颇适合它的身材。菁清在一个专卖儿童用品的货柜上选购那被毯的时候，精挑细选，不是嫌大就是嫌小，店员不耐烦地问：“几岁了？”菁清说：“三岁多。”店员说：“不对，不对，三岁这个太小了。”菁清说：“是猫。”店员愣住了，她没卖过猫被。陆放翁《赠粉鼻》诗有句：“问渠何似朱门里，日饱鱼餐睡锦茵。”寒舍不比朱门，但是鱼餐锦茵却是具备了。

白猫王子足不出户，但在江湖上已薄有小名。修漏的工人、油漆的工人、送货的工人，看见猫蹲在门口，时常指着它问：“是白猫王子吧？”我说是，他就仔细端详一番，夸奖几句，猫并不理会，大摇大摆而去。猫若是人，应该说声谢谢。这只猫没有闲事挂心头，应该算是幸福的，只是没有同类的伴侣，形单影只，怕不免寂寞之感。菁清有一晚买来一只泰国猫，一身棕色毛，小脸乌黑，跳跳蹦蹦十分活跃，菁清唤它作“小太妹”。白猫王子也许是以为非我族类其心必异，相处似不投机，双方都常呜呜地吼，做蓄势待发状。虽然是两个恰恰好，双份的供养还是使人不胜负荷。我取得菁清同意，决计把“小太妹”举以赠人。陈秀英的女儿乐滢爱猫如命，遂给她带走了。白猫王子一直是孤家寡人一个。

有一天我们居住的大厦门前有两只小猫光临，一白一黑，盘旋不去，瘦骨嶙峋，蓬首垢面，不知是谁家的遗弃。夜寒风峭，十分可怜。菁清又动了恻隐之心。“我们给抱上来吧？”我说不，家里多两只猫，将要喧宾夺主。菁清一声不响端着白猫王子吃剩的鱼加上一点米饭送到楼下去了。两只猫如饿虎扑食，一霎间风卷残雪，她顾而乐之。于是由一天送鱼一次，而二次，而三次，而且抽暇给两只猫用干粉洁身。我不由自主地也加入了送猫饭的行列。人住十二层楼上，猫在道边门口，势难长久。其中黑的一只，两只大蓝眼睛，白胡须，两排白牙，特别讨人欢喜。好不容易我们给黑猫找到了可以信赖的归宿。我们认识的廖先生，他和他一家人都爱猫，于是菁清把黑猫装在提笼里交由廖先生携去。事后菁清打了两次电话，知道黑猫情况良好，也就放心了。只剩下一只白猫独自卧在门口。看样子它很忧郁，突然失去伴侣当然寂寞。

事有凑巧，不知从哪里又来了一只小黑猫。这只小黑猫大概出生有六个月，看牙齿就可以知道。除了浑身漆黑之外，四爪雪白，胸前还有一块白斑，据说这种猫名为“踏雪寻梅”，还蛮有名堂的。又有人说，本地有些人认为黑猫不吉利。在外国倒是有此一说，以为黑猫越途，不吉。埃德加·爱伦·坡有一篇恐怖小说，题名就是《黑猫》，这篇小说我没读过，不知黑猫在里面扮的是什么角色。无论如何白猫又有了伴侣，我们楼上楼下一天三次照旧喂两只猫，如是者约两个星期。

有一夜晚，菁清面色凝重地对我说：“楼下出事了！”我问何事惊慌，她说据告白猫被汽车轧死了。生死事大，命在须臾，一切有情莫不如此，但是这只白猫刚刚吃饱几天，刚刚洗过一两次，刚刚失去一黑猫又得到一黑猫为伴，却没来由地粉身碎骨死在车轮之下！我半晌无语，喉头好像有哽结的感觉。缘尽于此，没有说的。菁清又徐徐地说："事已至此，我别无选择，把小猫抱上来了。"好像是若不立刻抱上来，也会被车碾死。在这情形之下，我也不能反对了。

"猫在哪里？"

"在我的浴室里。"

我走进去一看，黑暗的角落里两只黄色的亮晶晶的眼睛在闪亮，再走近看，白须、白下巴颏儿、白爪子，都显露出来了。先喂一钵鱼，给它压压惊。我们决定暂时把它关在一间浴室里，驯服它的野性，择吉再令它和白猫王子见面。菁清问我："给它起个什么名字呢？"我想不出。她说："就叫黑猫公主吧。"

黑猫公主的个性相当泼辣，也相当灵活，头一天夜晚它就钻到藏化妆品的小柜橱里。凡是有柜门的地方它都不放过。我说这样淘气可不行，家里瓶瓶罐罐的东西不少，哪禁得它横冲直撞？菁清就说："你忘了？白猫王子初来我们家不也是这样吗？"她的意思是，慢慢管教，树大自直。要使这黑猫长久居留，菁清有进一步的措施，给公主做体格检查。兽医辜泰堂先生业务极忙，难得有空出来门诊，可是他竟然肯来。在他检查之下，证明黑猫公主一切正常，临行时给它打了两针预防霍乱之类的药剂。事情发展到此，黑猫公主的户籍就算暂时确定了。它与白猫王子以后是否能够相处得如鱼得水，且待查看再说。

白猫王子九岁

有人问我为什么喜爱猫，我一时答不上来。我们喜爱一件事物，往往不是先有一套理由，然后去爱，即使不是没有理由，也往往是不自觉其理由之所在。不过经人问起，就不免要想出一些理由来支持自己的行为。总不能以“本能”二字来推托得一干二净。

我是爱猫的，凡是小动物大抵都可爱。小就可爱。小鸟依人，自然楚楚可怜，“一飞冲天鸣则惊人”的大鸟，令人叹赏，并不可爱。赢得无数儿童喜爱的大象林旺，恐怕谁也不想领它回家朝夕与共。小也有小的限度，如果小得像赵飞燕之能做掌上舞，那个掌恐怕也不是寻常的掌。不过一般而论，娇小玲珑总胜似高头大马。猫，体态轻盈，不大不小，不像一只白象，也不像一只老鼠，它可以和人共处一室之内，它可以睡在椅上，趴在桌上，偎在人的怀里，枕在人的腿上。你可以抱它、摸它、搔它、拍它；它不咬人，也不叫唤，只是喉咙里呜噜呜噜地作响。叫春的声音是不太好听，究竟是有季节性的，并不一年到头随时随刻“关关雎鸠”。猫有一身温柔泽润的毛，像是不分寒暑永远披在身上的一件皮袍，摸上去又软又滑，就像摸什么人身上穿的一件貂裘似的。

白猫王子初来我家，身不盈尺，栗栗危惧，趴在沙发底下不敢出来，如今长得大腹便便，夷然自若，周旋于宾客之间。时间过得真快，猫犹如此，人何以堪？它现在是有一点老态。据我看，它的健身运动除了睡醒弓身做骆驼状之外，就是认定沙发的几个角柱狠命地抓挠、磨它的爪子，日久天长，把沙发套抓得稀巴烂，把里面的沙发面也抓得稀巴烂，露出了里面装的败絮之类。不捉老鼠，磨爪做啥？也许这就是它的运动。有的人家知道猫的本性难移，索性在它磨砺以须的地方挂上一块皮子。我家没有此项装备，由它去抓。猫一生能抓破几套沙发？

日本人好像很爱猫，去年一部电影《子猫物语》掀起一阵爱猫风潮之后，银座一家百货公司举行“世界猫展”。不消说，埃及猫、南美猫、波斯猫、日本猫全登场了。最有趣的是，不知是过度的自尊感还是自卑感在作祟，硬把日本猫推为第一，并且名之为“日本第一”。我看它的那副尊容，长毛大眼，短腿小耳，怕不是什么纯种。不过我也承认那只猫确是很好看。白猫王子不以色事人，我也不会要它抛头露面地参加展览。它只是一只地地道道的台湾土猫。老早有人

午間正春睡
心思溢滿懷
深巷閒犬吠
貨郎小哥來
戊戌初春
老村造圖
并記之

批评，说它头太小，体太大，不成比例。我也承认它没有什么三围可夸。它没有波斯猫的毛长，也没有泰国猫的毛细。但是它伴我这样久，我爱它，虽世界第一的名猫不易也。

今天是白猫王子九岁生日，循例为文祝它长寿。

相 鼠

诗鄘《相鼠》一诗，相作视解，自朱传以降皆无异议。诗中多用相字，如“相彼鸟矣”“相彼投兔”“相彼泉水”“相其阴阳”等，皆作视解。鼠则普通之鼠。全诗大意似是：请看鼠有皮有齿有体，亦犹人之有皮有齿有体也，设人而无仪无止无礼，则与鼠奚异，何不死去！姚际恒说：“严氏曰：‘旧说鼠尚有皮，人而无仪则鼠之不若，以人之仪喻鼠之皮，非也。诗言鼠则只有皮，人则不可以无仪；人而无仪，则何异于鼠？如此，语意方莹。’此说是。”此说似可从。

明李时珍《本草纲目》：“黄鼠晴暖则出，坐穴口，见人则交其前足，拱而如揖，乃窜入穴。即诗所谓相鼠有体，韩文所谓礼鼠拱而立者也。”黄鼠拱而如揖，可能即是韩诗所谓礼鼠拱而立，但何以能断定其即为诗之相鼠，似无据。以“相鼠”为鼠之一种，不见其他经传。使相鼠果为黄鼠、礼鼠之别名，细味诗意，语气亦不可通。鼠之有皮，与人之无仪何干？李氏之说恐臆测耳，因人之仪而联想到黄鼠之拱。关尹子有“师拱鼠立礼，师战蚁制兵”之语。以相鼠作黄鼠解，不但无据，且意亦不可通，李氏之说似不可采。

一九七一年十月九日《“中央日报”·副刊》有《相鼠考疑》一文，引李氏之说，谓“殆无可疑”。李氏之书“历时三十年，阅书八百多家，三易其稿”，诚甚可佩，但不能断言其无一失也。

骆 驼

台北没有什么好去处。我从前常喜欢到动物园走动走动，其中两个地方对我有诱惑。一个是一家茶馆，有高屋建瓴之势，凭窗远眺，一片油绿的田畴，小川蜿蜒其间，颇可使人目旷神怡。另一值得看的便是那一双骆驼了。

有人喜欢看猴子，看那些乖巧伶俐的动物，略具人形，而生活究竟简陋，于是令人不由得生出优越之感，掏一把花生米掷进去。有人喜欢看狮子跳火圈，狗做算学，老虎翻筋斗，觉得有趣。我之看骆驼则是另外一种心情，骆驼扮演的是悲剧的角色。它的槛外是冷清清的，没有游人围绕，所谓槛也只是一根杉木横着拦在门口。地上是烂糟糟的泥。它卧在那里，老远一看，真像是大块的毛姜。逼近一看，可真吓人！一块块的毛都在脱落，斑驳的皮肤上隐隐地露着血迹。嘴张着，下巴垂着，有上气无下气地在喘。水汪汪的两只大眼睛好像是眼泪扑簌地盼望着能见亲族一面似的。腰间的肋骨历历可数，颈子又细又长，尾巴像是一条破扫帚。驼峰只剩下了干皮，像是一只麻袋搭在背上。骆驼为什么落到这悲惨地步呢？难道“沙漠之舟”的雄姿即不过如是吗？

我心目中的骆驼不是这样的。儿时在家乡，一听见大铜铃叮叮当当响就知道送煤的骆驼队来了，愧无管宁的修养，往往夺门出视。一根细绳穿系着好几只骆驼，有时是十只八只的，一顺地立在路边。满脸煤污的煤商一声吆喝，骆驼便乖乖地跪下来给人卸货，嘴角往往流着白沫，口里不住地嚼——反刍。有时还跟着一只小骆驼，几乎用跑步在后面追随着。面对着这样庞大而温驯的驮兽，我们不能不惊异地欣赏。

是亚热带的气候不适于骆驼居住（非洲北部的国家有骆驼兵团，在沙漠中驰骋，以骁勇善战著名，不过那骆驼是单峰骆驼，不是我们所说的双峰骆驼），动物园的那一双骆驼不久就不见了，标本室也没有空间容纳它们。我从此也不大常去动物园了。我尝想：公文书里罢黜一个人的时候常用“人地不宜”四字，总算是一个比较体面的下台的借口。这骆驼之黯然消逝，也许就是类似“人地不宜”之故吧？生长在北方大地之上的巨兽，如何能局促在这样的小小圈子里，如何能耐得住这炎热南方的郁蒸？它们当然要憔悴，要悒悒，要委顿以死。我想它们看着身上的毛一块块地脱落，真的要变成为“有板无毛”的状态，蕉风椰雨，晨夕对泣，心里多么凄凉！真不知是什么人恶作剧，把它们运到此间，使得它们尝受这一段辛酸，使得我们也兴起“人何以堪”的感叹！

其实，骆驼不仅是在这炎蒸之地难以生存，就是在北方大陆其命运也是在日趋于衰微。在运输事业机械化的时代，谁还肯牵着一串串的骆驼招摇过市？沙漠地带该是骆驼的用武之地了，但现在沙漠里听说也有了现代的交通工具。骆驼是驯兽，自己不复能在野外繁殖谋生。等到为人类服务的机会完全消灭的时候，我不知道它将如何繁衍下去。最悲惨的是，大家都讥笑它是兽类中最蠢的当中的一个：因为它只会消极地忍耐。给它背上驮五磅的重载，它会跪下来承受。它肯食用大多数哺乳动物所拒绝食用的荆棘苦草，它肯饮用带盐味的脏水。它奔走三天三夜可以不喝水，并不是因为它的肚子里储藏着水，是因为它在体内由于脂肪氧化而制造出水。它的驼峰据说是美味，我虽未尝过，可是想想熊掌的味道，大概也不过尔尔。像这样的动物若是从地面上消逝，可能不至于引起多少人惋惜。尤其是在如今这个世界，大家所最欢喜豢养的乃是善伺人意的哈巴狗，像骆驼这样的“任重而道远”的家伙，恐怕只好由它一声不响地从这世界舞台上退下去吧！

鹰的对话

山岩上，一只老鹰带着一群小鹰，喳喳地叫个不停。一位通鸟语的牧羊人恰好路经其地，听得老鹰是在教导小鹰如何猎食人肉。其谈话是一问一答，大略如下：

——我的孩子们，你们将不再那么需要我的指导了，因为你们已经看到我的实际表演，从农庄抓家禽，在小树丛中抓小野兔，牧场上抓小羔羊。但是你们应还记得那更可口的美味：我常以人肉供你们大嚼。

——人肉当然是最好吃的。你为什么不用你的爪子带回一个人到鹰巢里来呢？

——他的身体太大了。我们找到一个人的时候，只能撕下他一块肉，把骨头留在地上。

——人既如此之大，你又怎样杀死他的呢？你怕狼，你怕熊，你怎能有超过人的力量呢？人难道比一只羊还更可欺吗?

——我们没有人的力量，也没有人那样狡诈。我们难得吃一回人肉，如果大自然没有注定把人送给我们来享受。人具有凶猛的性格，比任何动物都凶猛。两族人往往遭遇，呼声震天，火焰弥空。你们听到声音火光起自地上，赶快飞向前去，因为人类一定是正在互相残杀；你们会看见地面上血流成渠尸横遍野，许多尸骸都是肢体不全，很便于我们食用。

——人把对方杀死，为什么不吃掉他呢? 一条狼杀死一只羊，它在饱啖羊肉以前不会准许兀鹰来触动它的。人不是另一种狼吗?

——人乃是唯一的一种动物，杀而不吃。这种特性使得他们成了我们的大恩人。

——人把人肉送到我们跟前，我们就不必费力自己行猎了。

——人有时候很长久地安安静静地留在洞里。你们若是看到大堆人聚在一起，像一队鹳似的，你们就可以断定他们是要行猎了，你们不久即可大餐人肉。

——但是我想知道他们互相残杀，其故安在?

——这是我们不能解答的一个问题了。我曾请教过一只老鹰，它年年饱餐人的脏腑，它的见解是，人只是表面上过动物生活，实则只是能动的植物。人爱莫名其妙地互相厮杀，一直到僵挺不动让鹰来啄。或以为这

> 些恶作剧的东西大概是有点什么计划，紧紧团结在一起的人之中，好像有一个在发号施令，又好像是格外地以大屠杀为乐。他凭什么能这样高高在上，我们不知道；他很少时候是最大的或跑得最快的一个，但是从他的热心与勤奋来看，他比别人对于兀鹰更为友善。

这当然是一段寓言。作者是谁，恐怕不是我们所容易猜到的。是古代的一位寓言作家吗？当然不是。在古代，战争是光荣事业，领导战争的是英雄。是十八世纪讽刺文学大家斯威夫特吗？有一点像，但是斯威夫特的集子里没有这样的一篇。这段寓言的作者是我们所习知的约翰逊博士，见他所写的《闲谈》（*The Idler*）第二十二期。《闲谈》是《世界纪事》周刊上的一个专栏，第二十二期刊于一七五八年九月九日。《闲谈》共有一百零四篇，于一七六一年至六七年两度刊有合订本，但是这第二十二期都被删去了。为什么约翰逊要删去这一篇，我们不知道，这一篇讽刺的意味是很深刻的。

好斗是人类的本能之一，但是有组织的战争不能算是本能，那是有计划的有预谋的团体行动。兀鹰只知道吃人肉，不知道人类为什么要自相残杀。战争的起源是掠夺，掠夺食粮，掠夺土地，掠夺金钱，掠夺一切物资。所以战争不是光荣的事，是万物之灵的人类所做出的最蠢的事。除了抵抗侵略、抵抗强权、执干戈以卫社稷的不得已而推动的战争之外，一切战争都是该受诅咒的。大多数的人不愿意战争，只有那些思想和情绪不正常的邪恶的所谓领袖人物，才处心积虑地在一些好听的借口之下制造战争。约翰逊在合订本里删除了这一篇讽刺文章，也许是怕开罪于巨室吧？

蚊子与苍蝇

我家里人口众多。除了我和我的太太，还有一名娘姨以外，有几千几百只的苍蝇，有几千几百只的蚊子。苍蝇、蚊子和我们很亲近，苍蝇和我们亲近的时候在早晨，蚊子和我们亲近的时候在夜里。所以我们可以很从容地和他们周旋。一缕阳光从窗子射到我太太的脸上，随后就有一只苍蝇不远千里而来，绕床三匝，不晓得在何处栖止才好，我蜷卧床头，静以待变。只见这只苍蝇飞去飞来，嗡嗡有声，不偏不倚地正正落在我太太的鼻尖上。太太的上嘴唇翕动了一下，我揣测她的意思，大概是表示她的鼻尖是有感觉的。那只苍蝇也有本领，真禁得起震动，抖抖翅膀，仍然高踞在鼻尖上。假使苍蝇能老老实实在鼻尖上占一席地，我的太太夙来是很有度量的，未曾不可以和他相安无事。无奈那只苍蝇，动手动脚地东搔西挠。太太着实不耐烦，只能伸出手来，加以驱除。太太的鼻尖，像有吸引力一般，苍蝇飞起来绕了几个圈子，仍然归到原处。如是者数次。假使苍蝇肯换一个地方，太太或者也可以相当容忍。她忍不住了，把头钻到被里去。苍蝇甚觉得没趣，搭讪着又来和我亲近。

物以类聚，一点也不错。苍蝇的合群心恐怕要在我们中国人以上。记得小时候唱过一个《苍蝇歌》，内中的警句是："一个苍蝇嘤嘤嘤，两个苍蝇嗡嗡嗡，一群苍蝇轰轰轰！"苍蝇的音乐，的确是由清悠以渐至于雄壮。当其嘤嘤的时候，我便从梦中醒来，侧耳而听，等到嗡嗡的时候，我便翻过身去，想在较远的地方去听，到了轰轰的时候，我便兴奋得由床上跳起来了。音乐感人之深，不亦伟哉！

过了一天非人的生活了，到了夜晚想做一件人做的事，睡觉。但是，不忙睡，宝贝的蚊子来了。蚊子由来访以至于兴辞，双方的工作不外下列几种：（一）蚊子奏细乐；（二）我挥手致敬；（三）乐止；（四）休息片刻；（五）是我不当心，皮肤碰了蚊子的嘴，奇痛；（六）蚊子奏乐；（七）我挥手送客；（八）我痒；（九）我抓；（十）我还痒；（十一）我还抓；（十二）出血；（十三）我睡着了。睡着以后，双方仍然工作，但稍简单一些，前四段工作一概豁免。清晨醒来，察视一夜工作的痕迹，常常发现腿部做玉蜀黍状，一粒一粒地凸起来。有时候面部略微改变一点形状，例如嘴唇加厚，鼻梁增高。有时工作过度，面部一块白一块红的，做豆沙粽子状。据脑经（筋）灵敏的人说，若做一床帐子，则蚊子与苍蝇自然可以不做入幕之宾，有用的精神也可以不用在与蚊蝇亲近了。但我已和太太商量就绪，在下月发薪以前，无论如何，我们仍然要保持大国民的态度，对蚊蝇绝不排斥。

谈诗

荷花池畔

你说你是好意，为什么又使我烦恼？好好的一泓碧水，我却不由得看作幽涧深坑；芬芳开着的花儿，多少蜂蝶围绕着，也似理不理地鄙视我了；澄明的月儿也藏在云里不肯伴我了！你说你是好意，为什么又使我烦恼？

夕阳啊！你明天落的时候，稍微快一点吧！你的残光刺得我心痛。你既不肯不去，你就快点去吧，一线的光明刺得我心痛。

假山石啊！你是我的朋友。你不会说话，很好；我愿意有一个不会说话的朋友。我的朋友太多了！他们都会说话；但是他们不爱同我说话呢！不会说话的朋友！我爱你！

荷花池啊！微风吹过你的脸皮，你不用皱眉。你看一看你自己；水心里不是映着一个又圆又亮的月儿吗？你不要皱着眉；你要皱眉，他们就看不见你的冰清玉洁的心了！

啊！“快活本身就含有苦恼；快活若不含有几分苦恼，苦恼会从外边掺进去的。”

一九二一年五月二十五日作于清华

（原载一九二一年五月二十八日《晨报》七版）

没留神

我在树下乘凉，
弯弯新月，挂在树边；
一个没留神，
月儿恼了，躲入林间。

一九二一年五月二十六日清华

（原载一九二一年六月二日《晨报》七版）

一瞬间的思潮

满天的碎星把昏沉的世界点缀得乱七八糟，不睡的虫儿唤起人的无穷情绪——我好似正在迷离恍惚地梦游，又好似正在东投西撞地漂泊。

忆起昨夜梦中的景象：风儿吹着，月儿照着，不消明灯做向导，心里更空洞洞得没有些个什么。待到醒来，仍旧是昏沉的天空，布满了闪烁的银星。闭上眼再想入梦，不睡的虫儿把鸣声一阵一阵地送到我的枕畔……

我并没有要生，但是我生了；没人禁止我死，但是我又不死。生了怨谁？不死又怨谁？不生不死可又怨谁？……可是除了我，我还知道谁呢？

生活是快乐的！可又哪能由你？生活恰似沿着经度旅行：

尝尽了冷暖，阅尽了沧桑，更受尽了风历的滋味……走到了北极，疲倦极了，休息些儿不必回去吧？谁又愿意回去？

能想的动物最可怜。……凉风渐渐地吹入纱窗，半曙的天也慢慢地抓着山头露出鹅黄的脸儿。我心里兀自奔驰……可怜的动物！

一九二一年七月二日

（原载一九二一年七月十日《晨报》七版）

冷 淡

灿烂的夕阳，一缕一缕地刺我的心，
已经薄弱得可怜了……
我蹑着足，忍着呼吸，
轻轻地踱到池边，
早“忒楞……”的一声惊走了几条游鱼，
空剩下一个恓恓惶惶的我，
望着水面上漾着的几圈波纹……
默想：那天披开密丛的青草儿，
爬上那暂别了的弯曲小径，
再没想到惊动了一群息着的山雀，
扑哧哧地飞去……
吓得深草里的虫儿住了鸣声，
松树上的松子落了满地。

两般的遭遇，引起人一样的心情：
是无聊的心境，还是寂静的自然，
这样的冷淡……冷淡？

一九二一年十月十五日作于清华

（原载一九二一年十月十九日《晨报副镌》）

蝉

一个蝉踞在东风里的杨柳丝上，
迸出几声悠远残余的歌唱，
一唱一心酸，勾起往日的悲哀无限！
蝉啊！秋要到了——你何苦也在这里留恋！
你去吧！……
我现在……不劳“你”来做伴！

辛酉年七夕晚作

（原载一九二二年三月三日《清华周刊》二三八期）

疑　虑

吾爱被绞死！……
怎么弯弯的笑嘴
在林梢挂着呢？

吾爱被风灭！……
怎么点点的磷火
在夜幕缀着呢？
冷峻的新月啊！
神秘的深夜啊！

（原载一九二二年三月十日《清华周刊》二三九期）

重聚之瓣（摘录数段）

五

水上的皱纹撩乱了水里的月影；
但是风定波平，水里月儿更加几倍明亮，
使诗人心境如洗过的镜子似的。

八

生与死交界的地方，
想必有一架界标，上面写着：
“行人车马，靠左边行！”
如此免掉许多无谓的唇舌，
——痛苦与快乐。

十九

花向蜘蛛说：

“谢谢你——你保护我！
但是你不该把你的朋友
放在你的网里！”

二十

记忆的泉
涌出痛苦的水，
结成热泪的晶。

二十二

东风呵！我求你：
吹灭了我手里的灯儿，
别教我感到灯光外的黑暗。

二十四

雪霁天晴，
积雪添了几分的白，
太阳说：
“我的朋友！
不要退缩；
我所望的，
只是这个。”
然而雪终于消了；

太阳也终于悔了。

二十七

荷花谢了，

瓣瓣落在水面；

荷花散了，

阵阵聚在心头。

三十

嗅着花香，

不见花处，

嗡嗡的蜜蜂

才向东风呼负！

三十七

我的心呵！

我恨你不似柳絮，

在无限中飘摇荡漾；

我恨你却似柳絮，

渴望有限中的着落！

四十

薄薄的云翳，

是她的衣裳；
阵阵的风香，
是她的呼吸；
她的唾液，
是天空嵌着的繁星；
她的一瞬，
普照一夜的大地。

五十三

吾爱！
莫看轻我的文字呵！
都是些殷红的血点呢！
再待一顷，
怕要变惨白的泪花。

七十五

春到人间，
人先被春风醉倒，
睡眼模糊，仿佛看了：
凝翠的青山，
淡黄的嫩草。

一九二二年三月十六日抄

（原载一九二二年四月四日《清华周刊》双四节特刊）

春天的图画（十首之二）

一

檐下瘫着的“迎春”，

迸出藤黄色的花儿了；

庭前织不遍的青草，

还那样的娇羞么？

六

是几个小孩子，

在池塘里撑着木筏作戏；

捣破了一池春水，

恼恨了才萌的春意，

唉！他们终于是小孩子啊！

一九二二年三月二十一日

（原载一九二二年四月二十一日《清华周刊》二四四期）

二十年前

二十年前的我，
该和现在的我差了些什么？
无端地被这囚笼，
闷损了心头的快乐，
哇的一声要吐出来了，
终于脱不了皮肉的枷锁！
只凭悲哀的兴奋，
痛苦的刺激，
无意地牵延着生命之火！
皮肉的枷锁，终于扑不灭生命之火，
那么同二十年前的我，相差又有些什么？

辛酉腊八日夜

（原载一九二二年四月二十一日《清华周刊》二四四期）

对　墙

满墙的黑影，
倏地缩成绳似的一条；
是时间的闪烁，
还是空间的动摇？……

（原载一九二二年四月二十一日《清华周刊》二四四期）

送一多游美

一多是文学社的社友，清华现在唯一之诗人，有集曰《红烛》。今且游美，全社有失依之感。习俗之序赠的滥调，文学社友本不优为；而别离情绪盘萦脑际不去者累日，遂进而成此。既成篇，诗之工拙弗计也！呈一多及诸社友。

一九二二年五月十六日

牡丹谢了，早谢了，
留下无数鸡爪子似的种子，
缀在绿色的枝头上。
荷钱还稀得很呢，
三三两两地在池边聚着，
也不知喁喁地商量些什么？
唉！什么是饯送的馈礼呢？

小荷又新發
花下飲清茶
世事有人管
你說我忙啥
丁酉
老村

又谁是饯送的主人呢？

东方的魂哟！
雍容温厚的东方的魂哟！
不在檀香炉上袅袅的香烟里了，
虔诚的人们膜拜着些什么啊？

东方的魂哟！
通灵浩彻的东方的魂哟！
不在幽篁的疏影里了，
虔祷的人们供奉着些什么啊？
遗弃的髑髅啊！
优游的尸身啊！

东方的魂哟！
终于像断了线的纸鸢，
飘到迢迢遥遥的云阶上了吗？
唉！诗人早一把掣着了线端，
立在云端，欢喜地降着了。
从云缝里露着的景象：
跳舞的髑髅，游行的尸身，
早密业业地填满了人间。
诗人的心也就震荡了！

"拿去——这是你的灵魂！"
只这一句话能完成诗人。
我的朋友！
看渊潭久了，渊潭也要看你！
嗅香花久了，香花也要嗅你！
天上人间的诗人啊！且记取：
"拿去——这是你的灵魂！"
只这一句话能完成诗人。

朋友啊！
海洋里的熏风，
将把"红烛"里的光焰更扇亮些吧？
你就秉着熊熊燃着的"红烛"，
昂然驶进西方海岸的湾港吧！

我感到恐怖的黑暗，
便灭了我手里的纱灯；
但是，到海底探珠的人们啊！
燃着你们的灯光吧！
在魔鬼怀里炬火要缩成爝火，
爝火要变成磷火了！

纱灯的周围，有数不清的灯蛾；

但是闪烁的炬火也要驱走恶魔了！
朋友啊！燃着你的灯吧！
在烛影摇红里，我替你祝福了！

牵裳的风啊！
系鞭丝的柳枝啊！
挽不住离人去了！……

朋友啊！
谢了的牡丹，
钱大的荷盖……
在这冷清的黄昏，
只这些是馈礼了！
但在失了魂的人们里，
谁又是饯客的主人呢？

一九二二年五月十六日黄昏

（原载一九二二年六月《清华周刊》第八次增刊）

旧居

蝉也叫得忒狂了，吓得柳枝一动不敢动；
嘶嘶没有起落的响声，震伏了一切生灵。

雨水淤成无数的小坑，缘坑生满了野草；
草片染着泥，剩着一半绿，还待雨丝涮扫。

盆荷不再开了，癯小莲蓬带着病黄面孔，
呆受骄阳的热炙，看着顽皮的野菊恣纵。

黑白斑的老猫跳下墙头，紧追着我狂叫；
唉！谁知道它是欢迎旧主，还是申诉不饱？

人影显着瘦了，却清清楚楚地映在阶上；
竹梢的叶子憔悴了，遮不满南房的后窗。

蛛丝锁门，
尘灰铺着地，冷浸浸令人寒栗；
橱里的瓶儿有半截剩酒，炉头惨无生气！

邻家的小儿依旧的肥，笑眼眯眯凝视我；
想起那天跄踉去，今天却依稀不忍离啊！

一九二二年七月九日

（原载一九二二年九月十一日《清华周刊》二五〇期）

秋　月

月光洒在我床上
——只是这么半床；
我把身躯移过去，
洗个清凉的冷水浴。

月光射在我身上，
照得我的胸腔
像水晶一般的彻亮。
啊！嫦娥！
看取这座水晶宫里
我的美人的模样！

月光浸着我的身躯，
使我寒得战栗；

月儿啊！
假使我忘了你是秋月啊！
我的身躯要像脂般融去。

谁在我被上罩上了一层光织的纱，
拂又拂不了去？
待我要拥着她眠的时候啊，
早偷下了床，平铺着在地，
掬又掬不起。

我要幻作一片孤云啊，
浮上了天海，追踪她去，
秋风啊，秋风，
劳你送我一程！
假使经过那鹊桥啊，
我也打听些牛郎织女的消息。

我终于不能去啊，
秋月，你也终于不久留。
但是你这一派霜也似的清光，
领导我的梦魂到他的家乡！

一九二二年九月十一日夜

（原载一九二二年九月二十三日《清华周刊》二五一期）

梦　后

“吾爱啊！
你怎又推荐那孤零的枕儿，
伴着我眠，偎着我的脸？”

醒后的悲哀啊！
梦里的甜蜜啊！

我怨雀儿
雀儿还在檐下蜷伏着呢！
他不能唤我醒——
他怎肯抛弃了他的甜梦呢？

“吾爱啊！
对这得而复失的馈礼

我将怎样的怨艾呢?
对这缥缈浓甜的记忆,
我将怎样咀嚼哟! ”

孤零的枕儿啊!
想着梦里的她,
舍不得不偎着你;
她的脸儿是我的花,
我把泪来浇你!

(原载一九二二年十一月一日清华文学社初版《冬夜草儿评论》,为闻一多论文《〈冬夜〉评论》的引诗)

荷花池畔

宇宙的一切，裹在昏茫茫的夜幕里，
在黑暗的深邃里氤氲着他的秘密。
人间落伍的我啊，乘大众睡眠的时候，
独在荷花池腋下的一座亭里，运思游意。

对岸伞形的孤松——被人间逼迫
到艺术家的山水画里去的孤松——
耸入天际；虽在黑暗里失了他的轮廓，
但也尽够树丛顶线的参差错落。

我的心檀香似的焚着，越焚越炽了；
我从了理智的指导，覆上了一层木屑，
心火烧得要爆了，也没有一个人知道，
只腾冒着浓馥的烟，在空中袅袅。

不过是一株树罢了，可是立在地上
便伸臂张手地忘形地发育了；
不过是一条小溪啊，他自由地奔放，
尽兴地在谷峡里舞跃，垣途上飞跑；

为什么我的心啊，终久这样的郁着，
不能像火球似的轰轰烈烈地燃烧，
却只冒着浓馥的烟在空中旋绕？
为什么又有点烬火，温着我的心窝？

我的心情的翅，生满了丰美的翎毛，
看着明媚的浮光啊，我心怎能不动摇？
我要是振翅飞进昊天的穹隆里去呢，
我怎知道，天上可有树，树上可有我的巢？

她本是无意地触着我的心扉，
像疾驰的飞燕，尾端拂着清冷的水面；
但只这一点的刺激，引起了水面上的波圈
不停地荡漾，直漾到了无涯的彼岸。

久郁着的心情都是些深藏的蓓蕾，
要在春里绽放他们的拘扼的肢体；
但是薄情的春啊！瞟了一眼就去了！

撇下彷徨的心灵，流落在悲哀的雾里。

被她敲开了的心扉，闸不住高潮的春水，
水上泛着些幻想的舟儿，欲归也无归处；
舟子匍匐祷祝着海上的明珠啊：
在情流里给他照出一条亨通的航路。

她说她是无意，误来拂拭了我的心扉，
像天真的小孩践踏了才萌的春草，
但是为什么引动我的悲哀的琴弦，
直到而今啊，奏出那恼人伤魄的音调？

荷花池水依旧地汪着，澄清澈底，
红甲纱裙的金鱼几番地群来游戏；
今朝啊，却似昏沉沉的幽涧深坑，
隐着无数泣珠的鲛人，放声地哀恸！

紫丁香花初次感着可怕的寂寞，
也怨恨自己的身躯，牢牢在枝上绊着，
摧残一切的风啊！请先把我的身躯吹散，
好片片地飞呀，追随那蝴蝶儿做伴！

我的心情就这样疯狂地驰骤，

理智的缰失了他的统驭的力；
我不知道是要驶进云幔霞宫，
还是要坠到人寰的尘埃万丈里去。

（原载一九二二年十一月二十四日
《清华周刊·文艺增刊》一期）

答一多

烛火都要息了，
又何有于流萤呢？

自从我的开路的神灯；
退出了我的眼界，
便在我想象的宫里大放光明，
照得各个黑角都亮了，
像一座莹彻的水晶宫！

我是人间逼迫走的逃囚，
我把荷花池做了逋薮；
那里准我恣情地唱了，
却只是听着自己的歌声，
无归宿的孤声啊！

借了 Cupid 的小弩；
怎奈那持满待发的箭啊，
又雕着罪人的名字，
反将宣示了我的藏处！

朋友啊！
愿你闲敲几朵灯花，
愿你漫折几枝笔花，
缀在我的神思的襟上，
做了辟邪的符箓吧！
我更要跨上亘天的彩虹，
像一条绝壁飞升的神龙，
飞到海洋的彼岸，
扇着诗人的火啊，
坐看着你的烛影摇红！

但是烛火都要熄了，
又何有于流萤呢？

一九二二年十月十九日

（原载一九二二年十一月二十四日《清华周刊·文艺增刊》一期）

幸　而

幸而我是一只孤雁啊！
误投进戈者的网窖，
做了情人们婚前的贽礼。

幸而我是一片枯叶啊！
粘在樵夫的草鞋底，
带我走进山里去。

幸而我又是一个恶魔啊！
乘我熟睡了的时候，
缢死我自己的活尸。

（原载一九二二年十二月二十二日《清华周刊·文艺增刊》二期）

早　寒

遭了秋神谪贬的红叶，
漫天地飞舞起来，空剩
那瘦骨嶙峋的干树枝
收敛着再世荣华的梦。

宇宙像座斑驳的废堡，
处处显露以往的遗痕，
诱使载满悲哀的诗心
痛哭命尽途穷的黄昏！

（原载一九二二年十二月二十二日《清华周刊·文艺增刊》二期）

寄怀一多

我几番的梦想！
心焦泪冻的红烛啊！
要在凶险的黑夜
熊熊地升上天空，
照着布棋似的群星，
虽是隔着浩荡的海洋，
也好代替那一轮皓洁的月明。
你知道：
我爱银箔一般的月色，
我也爱红焰辐射的烛火，

朋友啊！
我一度默对绰约的嫦娥，
一度沉思鸿飞万里的诗客。

可怜的孤雁啊！
我也是一只可怜的孤雁！
一片凄凉的汀州，
漠漠无垠的沙岸，
我只看见几星渔火！
只有我孤独的哀鸣！
捣破沉凝的寂静，
但仅是一声——两声——
愈鸣愈弱的呼声啊！
“梦笔生花”的图像啊！
还似炊烟一缕在我心里浮动着，
此外便是些枯蓬断梗了，
唉！好荒凉的心境呀！

我如古刹门前的空心树，
没有峥嵘的绿盖，
也没有你的蝙蝠似的玄思；
只在郁极无聊的时候啊，
像是心里盘踞着一条
血口金鳞腰围十丈的巴蛇，
静待着电火焚化的期限。

（原载一九二三年一月十三日《清华周刊·文艺增刊》三期）

小　河

夕阳斜睨着的小河，
就像一条彩鳞的巨蛇
在草里蜿蜒地动着。
我独在岸上缓行。
汩汩不息的水声，
和着我心脏的振动，
我独在岸上缓行。

河上漂着许多的浮梗，
和些没冲碎的溅沫，
这全是些旅途的同伴啊！
祝你们平安地航驶吧！
载着生命的小河，
少几许颠覆的风波！

奔肆的小河啊！
别顾岸上的田了！
我的情思也在涌着，
狂纵地涌着，
迸出零碎的诗歌
就是河流撞在礁石上
溅起来的珠沫啊！

小河悍然地东流，
驶进柳丛的深处，
只剩孤寂的我哟！
在暮霭迷漫里踯躅！

（原载一九二三年一月十三日《清华周刊·文艺增刊》三期）

怀——

间隔了七天，
消融了一场漫天的大雪；
手上的温存，
却还一些儿也没有消灭。
只是心头的图画
嵌得更深了，
深——深——深——
嵌破了悲哀重载的心！
“我恨见你，我悔生我；
宇宙的缺憾，只是为了‘你’‘我’！”
二十年前的我们
在空虚缥缈的家乡，
不曾诅咒过黑暗，
不曾艳羡着生命之光，

我们两个一伙。

叶儿黄了，
早就不该绿；
叶儿绿，
不该赢得行人一顾！
爱人啊！
要敲我的心，就敲他粉碎，
淡淡的空间
没有浅红色的希望，
更没有灰白色的忏悔！
爱人啊！
别要忘我！

（原载一九二三年二月一日《创造季刊》一卷四期）

答赠丝帕的女郎

吾爱！
你遗我的丝帕，
已又析成丝——
丝丝地将我缚着！

芳泽，
柔腻，
全凭缕缕的丝端寻着！
爱情的使者，
丝帕！
那斑斓的痕迹，
是我的泪痕
还是你的？
早片片地综错吻合了，

又何须辨识！

吾爱！
我要寄回你的丝帕，
让他满载着香吻，回来，
重新把我的唇儿温过！

我的心啊！
若终于哇的一声呕出，
这块丝帕，
便是你的棺椁！

帕上怎有这般香气
沁人鼻脾？
不是花香，
不是露香，
是吾爱遗下的气息，
灵魂脱离躯壳的时候，
我愿裹在帕里
钻在丝纹的隙缝里！

吾爱！
丝帕是一个彩瓷的花盆吧，

生满了朵朵的泪花；
丝帕又是残花的空蒂，
我去取了口口的香吻；
丝帕又是春蚕的茧啊，
蛹便是我的心！
吾爱！

（原载一九二三年二月一日《创造季刊》一卷四期）

赠——

我想在你卷发覆着的额上
栽下一颗热烈的接吻，
但是再想啊，唉！我不该再想！
又怕热烈的接吻烧毁了你的灵魂！

人们说我的情田生了莠草，
人们说我的爱流溢了良田；
我年轻的女郎！可曾知道：
我只是渴望着你，于今一年！

眼角里水似的莹晶，
永远是我浴沐着的大海！
纵是温热，永不冰凝，
融不了我悲哀的重载！

我年轻的女郎，这不是失望；
且看取，黄昏紧系着破晓！
让我们平行的爱，继续添长，
终由上帝绾成一个结套！

（原载一九二三年二月一日《创造季刊》一卷四期）

一九二二年除夜

这是卍字形的黄铜小灯台，
擎着涕泪横流的残烛。
吐出几条拘挛着的光芒，
把我的影子涂在墙上，
一个抖颤的、孤单的，
模糊到失了轮廓的影子。
我怎能不趁着烛火未消啊，
回忆不堪回首的故我？

我爬剔了一年的荆棘，
我品尝了一年的风霜；
待要尽情地醉陶，
放浪形骸地醉陶，
然后，翱翔在澄虚的昊穹，

遨游在寥廓的天野……
唉！谁知道仍是黏滞在人群啊，
终像一堆滤淀的酒曲！

那藏蕤的海棠丛，
像无数柄油绿的伞，又像一排锦碧的绣屏，
原是我们的旧相识啊，
现在也憔悴得不成样了吧？
待明春你又宠锡了荣华，
依旧盛妆着锦绣，
只怕在晴朝月夕呀，
不见了你的一对旧友！

对着墙上朦胧的影子，
我恐惧得战栗了！
生怕我在她的心龛里，
也这般的恍惚迷离——
哦！求她饶恕，我不该这样思维。
爱的火将永像辐射的炬焰，
生出无量数的光芒，
如那“裸童”的箭锋一般锐利，
把一切情人们的影子，
深深地嵌入他们的情人的心里！

那冰凝了的荷花池啊，
也该像一片碎玻璃了吧？
我只为你板起冰凝的脸，
几番的椎心饮泣啊！……

一切的欢乐的记忆，
你们是一切苦恼的泉源！
我虔求凛冽的朔风
把你们一齐吹散！
让我的坦虚的心情
重新渲染些欢乐的遗痕。

（原载一九二三年二月十五日
《清华周刊·文艺增刊》四期）

尾生之死

《庄子·盗跖篇》："尾生与女子期于梁下，女子不来，水至，不去，抱梁柱而死。"

一

尾生张目一望：
尽是一片冷僻的荒场！
"我若和我的爱人约会，啊
可在那方！"

他怕那灿烂锦簇的人间，
那里人们的心情烟消火灭的寂静，
那里人们板起冷酷的面孔，
那里是鏖杀生机的雪地冰天！

小園薔薇開
花下獨徘徊
夜風徐徐吹
娘子來不來
戊戌初
老村造

尾生独自盘想，
尾生和他的爱人细细地商量：
“黄昏时候，桥梁下，
倒好尽情地欢会，叙诉衷肠。”

二

尾生无心人事，
心里满蓄着甜蜜的希望；
他渴盼着黄昏，
不由得诅咒了斜挂的夕阳。
他把镂心刻骨的积愫，
一桩桩地重新细理，
准备着和她相晤
一缕缕地向她倾吐；
紊缠的相思越理越乱，
蠕动的时间越移越慢，
他此刻的心花
蠕得像春之花一般绚烂。

三

乡村的灯火莹莹，
深林的犬吠唁唁；
尾生佩着紧张的心弦

到桥下守着爱人的约信。
桥下一泓流水
潺潺地奏着琮琤的仙乐，
桥畔一幅草茵
阵阵地放出鲜湿的香馥：

这正是情人们的逋薮，
这正是情人们密会的时候：
尾生的心兀自忡忡，
“为什么不见我爱的踪影？”

四

桥上死沉沉的渺无声息
只有归去的牧群蹒跚地徜徉……
独有他的爱人的踏步，
总不蹬然来吼他的心房！

退了金辉宝座的夕阳
引致得一片暮霭弥漫；
“吾爱终要陪着西升的月亮
追踪到这昏黑的桥畔？”
尾生守着桥梁凝想：
爱人来时，何等的醉人模样！

但是，他的开花的希望，
只在死灰的黄昏里彷徨。

五

“爱人啊！黄昏深了！
你若步出这寥廓的荒郊，
也该看到这冷清的桥下，
一星爱火正在燃烧。

“爱人啊！月儿吐了！
满地渲染着绰约的树影。
你若终于像石沉大海，
可不枉负了良辰美景？

“爱人啊！晚潮涨了！
渐渐地要漫上了桥梁！
渐渐地要浸灭我的爱火，
爱人啊！你倒是来不来啊？”

六

桥下的汐流，汹涌澎湃，
尾生的身躯半浸在水里；
他的鲜红的燃烧着的心

要像珊瑚一般沉下水去。

天色黑到不可辨了，
远远的灯火像无数只泪眼
对着这个忠诚的波臣
发出同怜的抖颤。
他紧紧地抱住了桥梁，
如他搂抱他的爱人一样；
任洪水涛天，任汐潮泛滥，
“既是要约啊，终于要相见。”

七

尾生仿佛看见洛神的模样，
彩裳凤髻，姗姗地履在水上；
但和他的爱人有些不同，
爱人的眼里有热爱的光芒。
尾生仿佛听见活活的流水，
忽地奏起叮当的音响；
但是不似爱人的语声
声声地打入心房。

潮水溢上了尾生的顶，
溢到桥梁一样的平—

只是一片茫茫的水
在茫茫的夜里徐行……

尾生就这样地抱住了桥梁，
如他搂抱他的爱人一样，
爱人始终不来，
尾生也始终抱着桥梁不放。

（原载一九二三年四月清华文学社初版《文艺汇刊》）

海　啸

一

一轮旭日徐徐地从海边升起，
鲤鱼鳞似的波光远远地在跳动。
在这鲜艳的天海——慈祥的空气，
有几声轻锐的海啸，你试静听：
“醒哟！失群的孤禽，离家的游子！
醒哟！从你的糖饴似的乡梦醒起！
请看天上的纤云，波上的白沫，
并听送到耳边的清冷的音乐。
若再流连在缥缈的梦境的时候，
一出乡梦将引起竟日的乡愁！”

二

夕阳像一只负创的金鸟，

染了一身鲜血，迅急地下坠。
飓风送来几声沉重的海啸，
恰似垂暮的老人在呻吟感喟：
“海上倦游的孤客！别再只是默默！
试看夕阳底下，海里闪着万道金蛇：
碎锦编的晚霞黏满了半天；
白银镂的浪花冲碎在船舷；
请把你的乡愁丝丝地细理，
交付那西去的夕阳载回家去！”

三

玉镜似的月盘孤零零地高悬，
银箔似的海面平坦坦地凝驻。
像是打破这神秘静止的自然，
几声哀柔的海啸，如怨如诉：
“对月出神的骚士！你想些什么？
可是眷念着锦绣河山的祖国？
若是怀想着远道相思的情侣，
明月有圆有缺，海潮有涨有落。
请在这海上的月夜，把你的诗心捧出来，
投入这水晶般的通彻玲珑的无边天海！”

（载一九二三年十一月十日《小说月报》十四卷十一号）

海　鸟

黄昏时候，我在凭舷远眺：
从起伏的波澜闪出一只海鸟；
我欢喜地望着他的洁白的翅儿，
忽地不胜悲悸，向他高声喊叫：

“海鸟啊，何处是你的家乡？
你为何抛弃了你的巢居，
你为何离别了你的伴侣，
独自翱翔在这无边的海洋？

“海鸟啊，风在怒号，海在狂涛，
你远道飞来，筋疲力尽，
若要敛翅寻栖，驻足啄饮，
唉，在这万顷洪涛哪有半个屿岛？

“海鸟啊，你四顾茫茫，置身绝地，
将葬身在这无边的海洋，
不知要几度春秋才能漂送你还家乡，
何为还不回转，兀自向前飞去？

“海鸟啊，假如你不嫌弃，
请来飞入我的坦虚的心怀，
即是死在这里，我用沸热的心血将你掩埋，
岂不胜似那无情的海水冷冰冰的？

“海鸟啊，我也是沧海中的一粟，
不知何时何地也向无穷长殒；
容我们在这不能自忘的一瞬，
携手去寻我们共同的归宿……”

海鸟飞近船身，把精神抖擞，
在我头上旋绕了三匝，呀呀地哀叫。
“海上的灵禽，请诉你的衷曲……”
我话未竟，他喃喃地说道：

“海是我的情人，海是我的母亲，
当我倦飞的时候，沉入了海心；
海心里有殷红的珊瑚，

海心里有泣珠的鲛人。

“多情的朋友？世界上
可有更适宜的坟墓将我掩埋，
若不睡死在情人臂上，或是母怀？
你试用你的常识想想！

“多谢你的关注，我的朋友，
海是我的故乡，我向我的故乡飞走。
将似一片雪花投入了洪炉，
假如我飞进你的心怀哟！……”

海鸟似箭的没入了海天边际，
我惶然悚然，周身在战栗，
忽地觉得银镂的浪花开在我的头上，
无数的鲛人在我身旁啜泣！

一九二三年八月二十五日

（原载一九二三年十一月十日《小说月报》
十四卷十一号）

梦

我昨夜梦返童境，
不堪摇篮的摇摆；
忘听慈母的睡歌——
枉做了这出甜梦。

今朝从梦里醒来，
冥思昨宵的梦象——
睡歌无处去寻求，
并忘了摇篮的摇摆。

（原载一九二三年十一月十日《小说月报》
十四卷十一号）

题壁尔德斯莱的图画

雪后偕友人闲步，在旧书铺里购得一册书，因又引起我对壁尔德斯莱（Beardsley）的兴趣。把玩壁氏的图画可以使人片刻地神经麻木，想入非非，可使澄潭止水，顿起波纹，可使心情余烬，死灰复燃。一般人斥为堕落，而堕落与艺术固无与也。

一　舞女的报酬

爱情烧得她心焦，
蝴蝶似的在筵前舞蹈。
什么是爱情的报酬？
啊，银盘里的一颗人头。

姑娘，姑娘，快吻他的嘴唇，
乘他的嘴唇尚有点余温。

你看紫血溢出了银盘，
他的脸色渐渐地灰淡。

枝上的奇葩佳卉，
摘下不久便要凋萎；
唯有你嘴唇吻过的人头，
将永久地含笑，亘古地不朽。

姑娘，姑娘，擎起你的银盘，
给筵前的宾客们观看。
什么是爱情的报酬？
啊，银盘里的一颗人头。

二　孔雀裙

“孔雀，孔雀，
请借你的翎毛，做我的裙裾。”
“姑娘，姑娘，
我可以赠你这件彩裳。”
姑娘曳上了裙裾，
盈盈地凌空舞起，
光艳射上了昊穹，
像错综的万道彩虹。

"孔雀，孔雀，
让我还你这件裙裾，
人们将要笑我——笑我反常立异。"
"姑娘，请留下这件彩裳。
你穿上比我美丽，这该是你的，
为何不改正上帝的错误呢……"

（原载一九二五年三月二十七日《清华周刊·文艺增刊》九期）

荆轲歌

荆轲放歌

盘有狗肉，
樽有美酒；
英雄满座，
听我狂歌。
白云漫漫，天日无光，
谁人知道我心肠？
酒入了愁肠，
浇遍块垒，
烧热了我的胸膛。

朋友啊，
我的血在沸腾，
我的剑在哀鸣——

趁满腔热血，

竟溅上谁家的门庭？

（拔剑起舞）

像不羁的西风，

扫落叶，

卷残云，

仗这霜芒利剑，

杀尽天下的奸雄！

（众惊起合呼）

杀尽天下的奸雄！

（荆轲就座）

朋友们，

有酒须当醉，

更尽一杯！

荆轲悲歌

我痛恨强秦，

我痛恨强秦，

张开血盆似的巨口，

要把六国一气侵吞。

夸什么豪杰之士!
说什么血气之伦!
眼看着:
秦兵像疾风暴雨,
吹到了易水之滨。
要劫掠燕人的子孙,
要盘踞燕人的祖坟!

樊将军,
你来自西秦,
秦王一心一意只贪求
悬重赏购你的头。
好朋友!
更尽一杯忘忧酒。
铲除天下的凶邪,
果是谁的职守?

趁胸有余烬,
趁血有余温,
朋友们,
且开怀痛饮,
且开怀痛饮!

荆轲歌

空气何芬芳，
细乐何悠扬，
我们醉醺了醇酒，
在梦境里面徜徉。

（众和）
徜徉，徜徉，
原是幻梦一场！

你们的绣裳凌乱，
像是风里蝴蝶。
你们的倩影翩翩，
像是残春花谢。

（众和）
花谢，花谢，
且看秋风黄叶！

卿在鼓琴，
我在低歌，
谁说良朝胜景，
任他等闲蹉跎？

（众和）

蹉跎，蹉跎！

怕你壮年虚过！

空气何芬芳，

细乐何悠扬，

我们醉醺了醇酒，

在梦境里面徜徉。

（众和）

徜徉，徜徉，

原是幻梦一场！

荆轲歌（对秋纹）

听，听那竦竦的秋风，

鬼吟般，吹入了园庭！

秋纹，我们将像彩云，

横被冲散在那天空！

我爱你的琴声哀怨，

像一颗颗泪坠玉盘；

我也爱秋风的萧萧，

像万千士卒的鼓噪。

今朝啊，有琴歌相和，
且尽情地大家欢乐。
来日啊，我独葬荒丘，
你独看陌头的杨柳！

秋天是流血的节候，
秋天是洒泪的辰光，
血染在枫树的枝头，
泪滴在情人的心上。

秋纹！且住了你的琴声，
我不知何如这般惶恐。
听，听那竦竦的秋风，
鬼吟般吹入了园庭！

荆轲歌（致燕太子）

燕太子，请从此辞！
我此去拚着一死，
把万恶的秦王刺，
雪我燕人的耻。

一年来承你知遇，
把我当上卿尊礼：

剜了马肝来佐酒，
我今朝也肝胆披沥！

我荆轲清贫如洗，
孤零零无忧无虑，
人生难得一知己，
谨把此生献给你！

宫殿里美女如云，
谁个比得我秋纹？
数月来低唱浅酌，
今朝竟孤雁失群！

秋纹！是国事迫紧，
太子的义高情深，
我挺身独入西秦，
从此永诀了，秋纹！
燕！灿烂的祖国！
谨拜别你的锦绣山河！
谁说贼人的巢窟，
不是男儿的死所？

我不管事败功成，

把颈血且溅秦廷，
让秦王雄心慢逞，
嗅嗅燕人的血腥！

别了，别了，朋友们，
且听候我的好音。
漠漠河边秋月夜，
莫忘了为我招魂！

（原载一九二五年七月十五日《大江季刊》一卷一期，系梁实秋为顾一樵剧本《荆轲》所作的歌词）

REPLY FROM A "CHINEE"

At the bottom of the far-off Pacific,
There grows the coral tree,
The coral red as
Petrified blood of Christ,
And bright as the disk of the sun,
The coral engrailed on the crowns of your kings,
The coral hung on the necks of your queens,
Dazzling your eyes,
And radiating angelic charms,
Yet, you all wondered
How it looks in the sea;
So you wondered at me.